奋斗的青春

曾羽　高玉朋　刘彦彤　何梓铭 著

中国戏剧出版社
CHINA THEATRE PRESS

图书在版编目（CIP）数据

奋斗的青春 / 曾羽等著． -- 北京：中国戏剧出版社，2024.8． -- ISBN 978-7-104-05563-1

Ⅰ．I235.1

中国国家版本馆 CIP 数据核字第 2024SG2786 号

奋斗的青春

责任编辑：齐　钰
责任印制：冯志强

出版发行：	中国戏剧出版社
出 版 人：	樊国宾
社　　址：	北京市西城区天宁寺前街 2 号国家音乐产业基地 L 座
邮　　编：	100055
网　　址：	www.theatrebook.cn
电　　话：	010-63385980（总编室）　010-63381560（发行部）
传　　真：	010-63381560

读者服务：010-63381560
邮购地址：北京市西城区天宁寺前街 2 号国家音乐产业基地 L 座

印　　刷：	北京九州迅驰传媒文化有限公司
开　　本：	787mm×1092mm　1/16
印　　张：	16
字　　数：	218 千字
版　　次：	2024 年 8 月　北京第 1 版第 1 次印刷
书　　号：	ISBN 978-7-104-05563-1
定　　价：	98.00 元

版权专有，违者必究；如有质量问题，请与出版社联系调换。

在时光的长河中,电影如同一颗璀璨的星辰,照亮了人们的心灵,展现着无尽的可能,青春如同一朵绚烂的花朵,绽放出无尽的光芒与活力。每一个电影文学剧本,都是一段独特的旅程,承载着创作者的梦想与情感,引领我们进入一个个精彩纷呈的世界。奋斗,是滋养这朵花朵的养分,让它在岁月的洗礼中愈发娇艳动人。《奋斗的青春》这部电影文学剧本集,用青春的热情,点燃希望的火焰,用奋斗的力量,推动时代的进步,展现了一个个关于青春与奋斗的动人故事。期待《奋斗的青春》这部电影文学剧本集能够带给我们更多的感动与启示,创造出更加辉煌的明天。

电影文学剧本集《奋斗的青春》讲述了五个奋斗的故事。

《奋斗的青春》主要讲述林城科技大学大数据学院的童斐斐等青年大学生,在学术道路上的执着与拼搏。童斐斐与同学们协同合作,在老师们的教导下,努力完成"智能体检一体机(升级版)"的研究。不仅展现了当代大学生朝气蓬勃和积极向上的精神风貌,更让我们感受到了青春的力量与无限可能。童斐斐在获得成功后,依然坚持不懈地追求更高的目标。故事告诉我们,只要有梦想并为之努力奋斗,就一定能迎来属于自己的璀璨光明的未来。

  《百鸟衣》带领我们走进了一个充满民族特色与文化传承的世界。来自农村的杨水钰，在大学毕业后选择回到家乡，与母亲一起学习苗绣手艺。她凭借自己的聪明智慧和敢打敢拼的精神，从一个普通的农村女孩逐渐成长为MIAO品牌的创始人，并创立了自己的公司。在这个过程中，她始终不忘初心，坚定地传承着非物质文化遗产——苗绣。杨水钰的故事让我们看到了少数民族地区人民的坚韧与毅力，他们在经济社会深刻变化的今天，依然能够坚守自己的文化传统，并发扬光大。这种对传统文化的尊重与传承，是我们这个时代的青年所需要的宝贵品质。

  《荣耀》让我们看到了石旮旯村的人们为了实现乡村振兴所付出的努力。他们凭借纯良朴实的乡村特色，齐心协力，踏实奋斗，致力于乡村振兴的事业，得到了沿海大城市企业家的认可，并在石旮旯地区建设锂电材料产业基地。故事充分体现了石旮旯村人们心醇气和的品质，他们将贵州少数民族特有的传统技艺、国家级非物质文化遗产蜡染进一步推出大山，推向世界，投身于中华民族伟大复兴的事业，落实实现乡村全面脱贫的目标。石旮旯村的故事让我们看到了乡村的希望与力量，他们用自己的努力和汗水，讲述了一段段感人至深的青年奋斗篇章。

  《生死搏击》则以一颗红宝石为线索，展开了一场惊心动魄的生死搏击。市公安局刑警队队长齐嘉明和市纪委侦查人员仝卉联手调查红宝石失窃案，在层层突破中牵扯出一个腐败案。他们不畏艰险，与犯罪分子展开了一场生死较量，最终将腐败分子绳之以法。"正义也许会迟到，但绝不会缺席。"在面对邪恶与腐败时，我们要有勇气站出来，与之进行坚决的斗争。红宝石所象征的爱情、亲情、友情，在这场生死搏击中显得尤为珍贵，它让我们感受到了人性的温暖与美好。

  《葛镜桥》带我们穿越历史的长河，回到了万历年间。郡人葛镜宦游归

前　言

里，以积善为怀，决心造桥便民，以利往来。他在三毁三建中吸取经验，历尽艰辛，终于铸就了中国古代桥梁史上的一座宏伟桥梁——葛镜桥。这座桥不仅是一座物质的桥梁，更是葛镜精神的象征，当代青年正在从古老的故事中寻找新的精神价值。故事中关于这座桥承载的千古流传的美丽爱情故事，让我们感受到了历史的厚重与文化的底蕴。现代青年的奋斗让我们明白，在追求梦想的道路上，我们需要有坚韧不拔的毅力和不屈不挠的精神，只有这样，才能创造出属于我们自己的辉煌。

这五个电影文学剧本各具特色，围绕着"奋斗的青春"这一主题展开，每一个剧本都有着独特的魅力和价值，激励我们奋发向上，感受到人性的美好与温暖，领略不同的地域文化和历史风情。它们让我们看到了青春的无限可能，也让我们感受到了奋斗的力量。在这些故事中，我们看到了年轻人为了梦想而拼搏的身影，看到了他们在困难面前不屈不挠的精神，看到了他们用汗水和努力书写的青春华章。

青春，是一段充满激情与梦想的旅程。在这段旅程中，我们会遇到各种各样的挑战和困难，但正是这些挑战和困难，让我们不断成长，不断进步。奋斗，是青春最亮丽的底色。在奋斗的过程中，我们会收获成功的喜悦，也会经历失败的痛苦，但无论结果如何，我们都在这个过程中变得更加坚强，更加成熟。电影文学剧本集《奋斗的青春》，不仅是一部艺术作品，更是一种精神的传承。它让我们感受到了青春的活力与激情，让我们懂得了奋斗的意义与价值，激励着我们在人生的道路上不断前进，不断追求自己的梦想。

《奋斗的青春》中的主人公们，用他们的行动告诉我们，只要我们有梦想、有目标，并且愿意为之努力奋斗，就没有什么是无法实现的。《奋斗的青春》中的故事，让我们看到了奋斗的意义所在，它让我们明白，只有通过不懈的努力，才能实现自己的人生价值。在这个充满机遇与挑战的时代，在未来的日子里，让我们一起走进《奋斗的青春》这部电影文学剧本集，感受这些故事所带来的力量与感动，让我们一起怀揣着梦想，带着坚定的信念，以青春为笔，以奋斗为墨，书写属于我们自己的精彩人生，在奋斗的道路上勇往直前，在青春的舞台上，绽放出最耀眼的光芒！

每一个剧本都是一个梦想的寄托，每一个故事都是一份情感的表达，它们汇聚在一起，构成了《奋斗的青春》这部电影文学剧本集。这些故事在我们的心中生根发芽，绽放出更加绚烂的花朵。在未来的日子里，我们期待着更多优秀的电影文学剧本的诞生，期待着它们继续为我们带来感动与惊喜。此刻，当我们翻开这本著作，仿佛听到了青春的呼唤，感受到了奋斗的脉动，在奋斗的青春中，一起走进这个充满魅力的世界，去领略那些奋斗者的风采，去感受那些青春的故事所带来的震撼与感动。在《奋斗的青春》的陪伴下，开启一段充满激情与梦想的旅程，向着美好的未来，奋勇前行！

前　言 …………………………………………………… 01

剧　本 …………………………………………………… 001
　　奋斗的青春 ………………………………………… 001
　　百鸟衣 ……………………………………………… 047
　　荣　耀 ……………………………………………… 097
　　生死搏击 …………………………………………… 139
　　葛镜桥 ……………………………………………… 198

奋斗的青春

编剧:曾 羽 刘彦彤

故事大纲

故事主要讲述林城科技大学大数据学院的学生童斐斐,无畏困难,脚踏实地,在校期间勇于尝试,敢于作为,最终在同学们的协同合作与老师们的助力帮忙下,完成"智能体检一体机(升级版)"的研究。该产品最终获得了各企业家的认同,而童斐斐依然坚持不懈地在学术道路上兢兢业业,去迎接属于他的更为璀璨光明的未来。此剧本充分彰显了主人公童斐斐等当代大学生抱诚守真、奋发有为、锲而不舍的奋斗精神,展现了他们期望凭借自身的所学所思,为人类发展贡献力量。通过童斐斐这一人物,充分展露了当代大学生朝气蓬勃、积极向上的精神风貌,在科技与日常生活紧密结合的当今时代，他们将推动人类社会共同发展视为自身肩负的使命，继续秉持这种精神发光发热，为社会的进步贡献自己的智慧和力量，创造更加美好的明天。奋斗的青春最美丽！

人物表

主要人物：

童斐斐　　男，22岁，林城科技大学大数据学院学生。

林　熙　　女，28岁，林城科技大学公共关系学院礼仪教师。

商学斌　　男，22岁，林城科技大学大数据学院学生。

辛　茹　　女，21岁，林城科技大学大数据学院学生。

林景天　　男，54岁，林城市大数据局副局长。

齐鸿哲　　男，53岁，万亿数据科技有限公司总经理。

张晓成　　男，30岁，林城科技大学大数据学院教师。

吴桐树　　男，50岁，林城市副市长。

叶芝雨　　女，52岁，某商场总经理。

楚秋曼　　女，53岁，林城市委组织部人才办公室主任。

剧　本

1. 大学 / 校园 / 日外

街道上车水马龙，坐在网约车上的张晓成打开手机地图看了看，皱起了眉头。

张晓成　司机师傅，走南山大道，不堵，麻烦开快点，我要迟到了，我赶时间！

司机按照地图显示的路线，避开拥堵路段，飞奔到学校。

汽车驶进校门。

车内张晓成焦灼的脸终于放松了一些，他看了一下腕上的手表，2：20，距 2：30 还有十分钟，张晓成明白，自己绝对不能迟到，他不能让林熙说三道四，挑他的刺。

汽车驶进林城科技大学，在一号教学楼门口停了下来，童斐斐和辛茹正在教学楼门口等着张晓成，看见张晓成到了，童斐斐赶紧拉开了车门，张晓成端着架子下了车。

童斐斐，一个身高 1.8 米左右的男学生，穿着白色 T 恤和黑色九分裤，还算得体，看见张晓成来了，急忙说。

童斐斐　张老师，林熙老师在多功能厅等您，看上去很生气，您担待点，她说什么您可都要保持微笑啊。

辛茹　张老师随时都有君子之风，用不着你操这个心啦。

辛茹是一个女大学生，看着有点内敛，穿着很时尚，背着一个大包，感觉是一个又飒又柔的女生。

张晓成一边端着架子，一边心急如焚地往多功能厅赶。

林城科技大学是省里的一所重点大学，该校的数据科学与大数据技术专业是省级一流学科，该专业的学子们都是未来大数据行业的栋梁。

2. 学校 / 多功能厅 / 窗前 / 日 内

教室窗边的课桌上摆着一个大玻璃瓶，玻璃瓶里放着许多乒乓球，乒乓球上贴着数字码，学生们正等着抽签。

张晓成走进多功能厅，林熙视而不见。

林熙站在教室的窗边，微风吹过她的发梢，飘动着青春的气息。林熙是一个典型的气质型的美女老师，不说话就这么站着，都自带气场。

张晓成 林老师，你看我给你带来了什么？

林熙 我只要你不迟到，带什么不重要。

张晓成手里提着林熙最爱吃的麻饼，心想，我这一大早就去给你排队买麻饼，虽然来晚了一点，你总得给一个笑脸啊！回头一想，男人还是不要和女人计较，还是要哄着点为妙。

张晓成急忙笑着说。

张晓成 给你带的你爱吃的麻饼，哈哈哈。

看见林熙原本生气的脸稍微缓和了一下，张晓成缓缓走到讲桌前。

3. 数博大楼 / 办公室 / 日 内

万亿数据科技有限公司总经理齐鸿哲正在给楚秋曼打电话。

齐鸿哲 对，对，一定要争取两个展位，一个不行，我的公司这些年发展很快，要好好地总结、展示、推介。老同学，你一定要帮这个忙，我一定不胜感谢!

  楚秋曼(OS①)　不是我不帮你,我的确是无能为力,要么你找一下林局长,或许……他有办法。

4. 学校 / 多功能厅 / 日 内

  张晓成站在讲台上,扯着嗓子说。

  张晓成　同学们,站好了,规则是单数一组,双数一组,大家准备好,我们抽签分组做实验,因为这次对"大博会"志愿者的专业水平要求比较高,我们要按实验结果排名,决定谁能当"大博会"志愿者。

  张晓成慎重宣布。

  张晓成　抽签开始!

  学生们一哄而上,乱作一团,大家一挤,不小心撞倒了桌上的玻璃瓶,"砰"的一声,瓶子碎了,乒乓球散落一地。

  林熙脸上露出怒火。看着林熙生气的脸,张晓成非常尴尬。

5. 数博大楼 / 办公室 / 日 内

  齐鸿哲为难了,心想,楚秋曼让他去找林景天,他可是一百个不愿意,当年林景天亲自上门求齐鸿哲支持5万元,让他渡过难关,齐鸿哲硬是没有答应,现在又怎么好找林景天?

  齐鸿哲思前想后,在办公室来来回回地走。

  这时,齐鸿哲想到一个人,也许这个人能转这个弯。

  齐鸿哲　小王,备车!

---

  ①　OS, over lapping sound,意为内心独白。

6. 市大数据局 / 办公室 / 日 内

市大数据局副局长林景天正在召开会议，推进"2021年中国国际大数据产业博览会"（简称"大博会"）筹备的有关事宜。

林景天 2021年中国国际大数据产业博览会国际关注度高，有许多国际要员和大数据领域的高级专家、学者、企业家要来共谋大数据产业发展大计。工作烦琐，但办好博览会最重要的是做好基础性工作，所以我们一定要细化好方案，把各项工作任务落细、落实。

科长 这次博览会还会有很多企业来林城选厂址，想把有关数据库落在林城，除了需要大数据相关专业的志愿者，接待工作也需要大量的志愿者，招募志愿者的工作必须抓紧进行。

林景天 是啊，各项任务都刻不容缓。

这时，有人通报，说齐鸿哲总经理要见林局长。

林景天一怔，这是他最不想见的人。

7. 学校 / 多功能厅 / 日 内

张晓成 还愣着干什么？大家快把球捡起来，准备抽签。你们看，让林熙老师看笑话了。

童斐斐在学校里是典型的乖学生，急忙弯下腰去捡球，就在他的手伸出去的瞬间，他的手被一只脚踩住了，动弹不得。

踩童斐斐手的学生正是商学斌。

辛茹 商学斌！你要干什么？

辛茹见状，站出来打抱不平。辛茹话音未落，猛推商学斌一把，商学斌险些摔倒，商学斌站稳身子，恶狠狠地盯着辛茹，紧紧攥着拳头，想要挥拳而去。

这时童斐斐挺身而出，商学斌一看是童斐斐，这一拳毫不犹豫重重地打在他的脸上，童斐斐嘴角出血，倒在地上，护着童斐斐的同学冲上去拉住商学斌。

林熙　住手！还是大学生，成何体统。

林熙这一吼，倒是把学生们镇住了。

8. 市百货大楼 / 商柜 / 日 内

楚秋曼在商场的自动扶梯上，想着一会儿要去见市长，一定得收拾打扮一下。她走进一家品牌服装店，挑了几件衣服试着，都觉得不好看。

就是因为长胖了，楚秋曼心想，不买了，我还是回去先减肥吧，体重不控制不行了。

商品琳琅满目，让楚秋曼眼花缭乱。这时，商场经理叶芝雨来到楚秋曼的面前。

叶芝雨　您好，您是楚主任吧，我是商场经理叶芝雨，请楚主任到我的办公室，我们可以提供优质的服务。

楚秋曼　你怎么会认识我？

叶芝雨（微微一笑）　我们有大数据，大数据认识您。

楚秋曼疑惑的眼光。

9. 市大数据局 / 接待室 / 日 内

齐鸿哲在接待室一直等着林景天，过了很久，林景天从会议室出来了。

林景天来到接待室见了齐鸿哲一面，吩咐工作人员一定要把齐鸿哲总经理的事情办好，转身便回会议室了。

齐鸿哲正想开口奉承，话还没说，就被憋回去了。

呆站着的齐鸿哲显然觉得自己被"冷落"了，他心里恶狠狠地骂："林景天，你摆什么谱！"

10. 市百货大楼 / 经理办公室 / 日 内

叶芝雨热情地把楚秋曼请进办公室，端茶倒水忙个不停。楚秋曼注意到，这个经理做事还是很麻利的。

楚秋曼（OS） 这个经理好像是认识的人呢。

楚秋曼突然想起，这个叶芝雨不就是以前读书时代赫赫有名的大美女吗。

楚秋曼镇定自若，假装没认出来。

楚秋曼 叶经理，你不要客气了，我还没有工夫闲坐。

叶芝雨 楚主任不要急，您请到这边来，好产品应有尽有。

楚秋曼看到一个大的显示屏，上面的商品琳琅满目。

11. 市大数据局 / 会议室 / 日 内

会议仍在进行。

林景天 对了，我女儿林熙正好是林城科技大学的老师，他们前段时期还在训练学生，准备在有关大型会议中担任翻译志愿者，问问她可不可以让这些志愿者也来帮助我们的"大博会"。

科长 好的，局长，我们去落实。

林景天　林熙是礼仪老师，这事交给她，礼仪方面的事，我们可以放心。

12. 学校 / 多功能厅 / 日 内

　　张晓成（发怒了）　都给我老老实实地站着！谁还要闹事？

　　商学斌笑了，谁让张晓成说的话从来没有兑现过，他依然是满不在乎的样子。

　　林熙看不下去了，想打击一下商学斌的嚣张气焰。

　　林熙　辛茹，去拿一副扑克牌来，我们准备抽签。

　　谁也不知道，林熙是一个玩扑克牌的高手，在林城科技大学没有人玩得过她。

　　林熙　抽签规则，每人抽一张扑克牌，抽到单数的站在左边这一组，抽到双数的站在右边这一组，抽到J、Q、K的就去给其他同学当助手，做实验的准备工作，为大家服务。

　　这下大家紧张了，谁都不愿意抽到J、Q、K，谁都想亲自上机做数据应用研究的实验，而不愿给别人当助手。

13. 市大数据局 / 办公室 / 日 内

　　林景天开完会回到办公室，齐鸿哲还没有走。

　　林景天心想，你齐鸿哲是有耐心，真能"泡"，想当年我就是缺你这种"泡"劲。

　　林景天　鸿哲，还没有走啊，没事了吧！

　　齐鸿哲　你当了局长，我都还没有恭喜你，择日不如撞日，今天我请你吃饭。

林景天　鸿哲，今天不行，我还有事，失陪了，我们改天再约。

林景天说完就要离开办公室。

齐鸿哲　林局长，且慢。

齐鸿哲拨通了吴副市长的电话，电话那头传来吴副市长爽朗的笑声，林景天明白了，他们已经沟通好了的，齐鸿哲把电话递给了林景天。

林景天　市长，您好，我们好久不见了。上次我提到的大数据企业选址的事还想听听您的意见，什么时候您有时间我来向您请教。好，好，好的市长，我们一会儿见。

齐鸿哲在一旁暗自窃喜。

14. 市百货大楼 / 大门 / 日 外

楚秋曼高高兴兴地走出大楼，她如愿以偿，终于选中了自己想要的"健康智能体检一体机"，物美价廉，才500元一台，楚秋曼付了钱，愉快地走出百货大楼。

商场经理承诺，明天就可以送货上门。

楚秋曼感叹，"大数据"真好，打开电脑就什么都选定了。

15. 学校 / 多功能厅 / 日 内

同学们都抽了扑克牌，分别站在左右两边，现在就剩最后一个同学商学斌了，"越怕鬼越撞鬼"，他抽到了"K"。

林熙　"K"，好，商同学，你给大家搞服务，你就给童斐斐当助手吧。

商学斌瞪大了双眼，他极不情愿地坐在教室角落边，他不打算给童斐斐当助手。

张晓成佩服林熙的神情。

林 熙 我们开始进行数据实验，单号的同学做数据应用，双号的同学做数据整理。

童斐斐盯着林熙看，是佩服的目光；商学斌盯着林熙看，是不满的目光。

16. 云海大酒店 / 包间 / 日 内

林景天、齐鸿哲一起走进包间，包间富丽堂皇、气派非凡。

林景天 鸿哲，你这动静大了，搬出了吴市长，撮上了豪华宴，花血本啊！还有什么招数没有亮出来？

齐鸿哲 让林局长笑话了，我还请了楚秋曼，一会儿就到。

林景天 你请了楚秋曼？

林景天听到楚秋曼的名字，心里一怔，这不是要我难堪吗？

17. 市百货大楼 / 门外 / 日 外

楚秋曼一边走一边看手机，不知不觉走到了路中央。

突然一辆黑色轿车在她面前急刹车。

楚秋曼吓得倒在地上。

18. 学校 / 多功能厅 / 日 内

童斐斐的眼神被林熙注意到了，而且她明显地感到这个学生走神了，也许是出于对他被踩一脚的同情，林熙才会打抱不平。

林熙　童斐斐，仔细做，不要心不在焉。不懂的就抓紧问老师。

　　商学斌看着童斐斐和辛茹被安排到了一组做实验，看着辛茹认真、欢喜的样子，再看看旁边得意的童斐斐，商学斌心里更多的是难受，他最恨的就是童斐斐和辛茹在一起，因为他喜欢辛茹。

19. 云海大酒店 / 包间 / 日 内

　　包间里突然混乱了，大家以为楚秋曼是被汽车撞倒在大街上，都紧张起来，齐鸿哲脸上立马显现出异常的着急。

　　齐鸿哲　小六，你快去，看看楚主任伤得如何，伤不重，就把楚主任接过来，都怪我想得不周到，应该派车去接的，怎么能让楚主任走路呢！

　　林景天　小六，你问问楚主任伤势如何，伤重就送医院，我们这顿饭什么时候吃都不碍事，但耽误楚主任的治疗是大事。

　　这时有人敲门，走进来的正是吴桐树副市长。

　　吴桐树　刚才我来的路上，车子急刹，楚主任吓倒在我的车面前，大家不必着急，就是脚扭了。我已经把她带来了！

20. 学校 / 多功能厅 / 日 内

　　林熙　童斐斐，请你给大家把这个实验演示一遍。

　　童斐斐不知怎么办，因为他走神了，一直没集中注意力，就没做完实验，一旁的辛茹小声地给他说答案。

　　商学斌　老师！这是辛茹同学告诉的答案。童斐斐没有能力完成这个实验，我能完成，我要求和童斐斐同学对换。

　　张晓成想了想，商学斌抽到"K"，不愿给童斐斐当助手，坐在旁边一动不动，也不能让他这样一直坐着，万一他在他老爸那里告我的状，我就完了。张晓成想给商学斌台阶下。

张晓成　好吧，既然童斐斐没有完成实验，就和商学斌同学换换。

商学斌得意扬扬地走到实验桌前，如愿地和辛茹一起做起了实验。童斐斐最听老师的话，他无奈地走到一边，给商学斌当助手。

21. 云海大酒店 / 包间 / 日 内

惊魂未定的楚秋曼一瘸一拐地终于坐下了。

这顿饭的气氛完全变了，原本请来的吴市长和楚秋曼都是来帮齐鸿哲做说客的，现在好，三个男人都来关心楚秋曼，众星捧月啊！

楚秋曼　吴市长，还好你的司机反应快，否则，这顿饭就没得吃了！

楚秋曼一幽默，大家的心就放松了。

吴桐树　应该是楚主任太美，司机想赶紧刹车看看是哪个美女那么亮眼。

林景天坐在一旁不吭声，故意不往楚秋曼这边看。

齐鸿哲（端起酒杯）　楚主任，我先自罚一杯，该亲自去接我们美丽动人的楚主任的，考虑不周，我先干为敬。

22. 学校 / 教学大楼 / 日 外

做完实验的同学叽叽喳喳地从教室里涌出来，就像是刚出笼子的小鸟，马上就要飞了。

童斐斐　声不吭，默默地回去了。

商学斌走到童斐斐身边，瞪了童斐斐一眼。

商学斌　童斐斐，今天算你识相！

童斐斐愤怒地看了商学斌一眼，心里早就想揍他了，但是他强忍住了，没有搭理商学斌，转身离开了。

　　张晓成　林熙，今天辛苦你了，我开车送你回去。

　　林熙没有拒绝，上车了。

23. 市百货大楼 / 经理办公室 / 日 内

　　经理叶芝雨送走了楚秋曼，坐在办公桌前，心情久久不能平静，第一次给别人下套，就像做了亏心事。一身正气的她竟然也会做这样的事，心里就像被猫抓一样，难受。过去都是别人套路她，没有想到她也套路别人了。

　　这时，儿子童斐斐打来电话。

　　童斐斐　妈，今天商学斌又欺负我了，我已经忍不下去了，我要报复他，给他点颜色瞧瞧。

　　叶芝雨急了。

　　叶芝雨　儿子，再忍一下，妈妈一定会有办法处理好的。

　　童斐斐　妈，每次有人欺负我，你嘴里说得最多的字就是"忍"！

　　童斐斐立马挂掉了电话。

24. 市区道路 / 汽车 / 日 内

　　林熙终于掩饰不住自己的愤怒，对着张晓成一阵痛斥。

　　林熙　张晓成，那个商学斌到底是怎么一回事，欺负人过头了！怎么你就没有一句靠谱的话，你是不是被商学斌买通了，当他的保护伞了？

　　张晓成　林老师息怒，一个学生不守规矩，你不要在意，说话还是不要过头。

林熙　我用扑克牌弄了一个小伎俩，想教训教训他，让他长点记性，你看他嬉皮笑脸的样子，我看不下去了，大学生对待学习怎么是这副德行？

　　张晓成　还是得好好培养他。你知道他是谁吗？

　　林熙　他是谁？商学斌啊。

　　张晓成　他是我们院长打过招呼的，他爸可是市大数据局局长。

25. 云海大酒店 / 包间 / 日 内

　　吴桐树　既然楚主任没有伤着，就请大家落座吧！难得聚在一起，今天好好喝几杯。

　　众人　来来来，干杯！久别重逢，为更美好的明天干杯！

　　吴桐树　鸿哲，这拿的是什么好酒？口感浓郁啊。

　　齐鸿哲　当然是我们家乡的土酒（茅台酒）。

　　吴桐树　这个是我准备引进推荐的大数据相关专业的博士苏童。

　　人们这才注意到，吴桐树副市长还带着一个人。

26. 市百货大楼 / 经理办公室 / 日 内

　　叶芝雨听到儿子说自己就会说"忍"，内心再也绷不住了，眼泪不停地掉下来。"忍"是一把辛酸泪。

　　【闪回】

　　美丽、大方、得体的叶芝雨总是招来不少羡慕的眼光。

　　这天叶芝雨下班后匆匆往家赶，儿子童斐斐的高考成绩下来了，一家三口准备回去给儿子填志愿。

　　路上，叶芝雨接到了老童的电话。

叶芝雨　怎么？昨天大暴雨，公路中断，正在抢险，那你不在家，斐斐的志愿怎么填？我又不懂填志愿。

老童（电话中）　让菲菲填报大数据相关专业，这两天我都在研究，找专家请教过了，大数据是新兴产业，在我们贵州有大前途！

叶芝雨　大数据相关专业？

突然，电话里传来"轰"的一声，电话中断了。

叶芝雨　喂，喂，老童……

【闪回结束】

27.县城／童斐斐家／日 内

【闪回】

老童在公路抢险中牺牲了，这个原本幸福的家庭瞬间沉浸在无比的悲痛之中，叶芝雨眼眶湿润地看着儿子童斐斐填志愿书。

童斐斐　妈，我一直以来都很喜欢数学，真的很想报数学专业。

童斐斐经历了爸爸去世，内心唯一喜欢的数学真的很不舍放下。悲伤中的他抱着妈妈痛哭起来。

叶芝雨　儿子，你爸爸临终前的心愿就是要你填报大数据相关专业，学习大数据理论，当大数据工程师，你就满足他的心愿吧！

童斐斐（带着哭声）　嗯，妈，我会填大数据相关专业的，为了爸爸，也为了您和我自己，我会好好学好这个专业，不让爸爸失望！

童斐斐在第一志愿栏填上了"数据科学与大数据技术"。

这时，吴桐树出现在叶芝雨家门口。

吴桐树　芝雨，你要节哀啊！

【闪回结束】

28. 市里 / 叶芝雨家 / 日 内

【闪回】

吴桐树　童斐斐考上了大数据相关专业,你也顺利调到市里工作,该感谢我了吧!

叶芝雨　你的恩情,我永生难忘。

吴桐树　光说不行,要有实际行动。

吴桐树说完,扑倒了叶芝雨,叶芝雨没有反抗,只是用手悄悄地擦拭着眼泪。

【闪回结束】

29. 云海大酒店 / 包间 / 日 内

推杯换盏中,楚秋曼逐渐恢复了元气。

楚秋曼　吴市长,重视人才,你做了一件大事情,我们市发展受到制约,最大的瓶颈是人才。林局长,你们大数据局是否求贤若渴?

林景天　那是当然,我还得请楚主任给我推荐人才呢。

吴桐树　这事交给楚主任和林局长!林局长这不是托词吧?

林景天　我表现得还不够真诚吗?

齐鸿哲　若不嫌弃,苏童到我们企业来,薪酬嘛,我们下来谈。

吴桐树　苏童志不在你那儿,倒是我有一个朋友的儿子,今年大数据相关专业毕业,在你那里有用武之地。

齐鸿哲　市长知道我求贤若渴,市长推荐的人,肯定是人才!

齐鸿哲又对林景天说。

齐鸿哲　林局长，你敬楚主任一杯吧！

吴桐树　齐鸿哲，你就是不务正事，他们俩心里有隔阂，你硬凑什么？不过一笑泯恩仇，一杯酒也能放下恩怨，喝就喝吧！不过林局长倒是应该把齐鸿哲参展摊位的事落实一下。

齐鸿哲　吴市长说得对，喝酒，来来来，喝酒！

30. 大学 / 教室 / 日 内

张晓成正在开学生大会。

张晓成　2021年中国国际大数据产业博览会就要召开了，根据博览会组委会的安排，要选择一批同学参加志愿服务，我们班的同学要踊跃参加，但是组委会设置的第一道门槛就是笔试成绩。现在我们就开始进行笔试，请大家认真思考，独立完成。

童斐斐的手机收到商学斌的微信。

商学斌　把答案发给我。

童斐斐　不发。

商学斌　不发来，你今天就出不了这个门。

31. 云海大酒店 / 包间 / 日 内

酒过三巡，楚秋曼有话要说。

楚秋曼　给你们说一个奇怪的事，今天我去了市百货大楼，你们猜，我遇见了谁？

齐鸿哲　市百货大楼，你能遇见谁，遇见叶芝雨了？那可是我们市远近闻名的大美人啊！

楚秋曼　你还真说对了，我进店不久，她就迎面而来，你们猜她说什么？

齐鸿哲　哎呀，楚大美女，别卖关子了，快说说。

楚秋曼　她说，是大数据找到了我。你们分析分析，这大数据是怎么找到我的？

大伙哄堂大笑。

齐鸿哲边笑边说。

齐鸿哲　通过大数据找到你？哈哈，哈哈，是商场的摄像头找到你的。

一旁的吴桐树笑得极不自然。

齐鸿哲　吴市长，你说我说得对不对？

吴桐树默不吭声地点点头。

32. 大学 / 办公室 / 日 内

林熙正在会议室开会，突然收到童斐斐发来的微信。

童斐斐　林老师，我有危险，快来救我。

林熙被这莫名其妙的微信吓住了，她急忙给童斐斐打电话，电话占线不能接听，她又给辛茹打电话，同是占线不能接听。林熙着急了，林熙对领导说。

林熙　领导，我的一名学生有危险，我要去看看是怎么回事。

33. 大学 / 教室 / 日 内

学生们陆续交卷，先后离开教室，教室里只有几个人了。

张晓成　交了卷的就快走。

商学斌 老师，我们都交卷了，还有点事，你先走。

张晓成离开教室，辛茹觉得有点蹊跷，就走过来叫童斐斐，被商学斌恶狠狠地盯着。

商学斌 我和童斐斐说一句话就回宿舍，辛茹你也先走。

商学斌看着辛茹离开以后，恶狠狠地盯着童斐斐。

商学斌 你不听我的，小心我的拳头不长眼！

商学斌正要一拳朝着童斐斐揍过去。

这时，童斐斐转身便从书包里拿出一把水果刀，紧紧攥着，他紧张得手心里都是汗。

34. 住宅小区 / 叶芝雨家 / 夜 内

叶芝雨拖着疲惫的身体回到家里，她除了身体的累，还有心理的累。她知道她现在这个经理是吴桐树"恩赐"给她的，她不知道怎么还这笔人情债，换句话，她不知道吴桐树还要控制她多久。

叶芝雨的电话响了，是吴桐树打来的。

叶芝雨 今天你就不要来了，我好累，想早些休息。

吴桐树（电话中） 我马上到楼下了，今天来主要是说说你儿子工作的事，齐鸿哲基本接受了，这个公司待遇还不错。

叶芝雨一听到说童斐斐心就软，眼泪夺眶而出。

35. 住宅小区 / 楚秋曼家 / 夜 内

楚秋曼推门进屋，一个"大"字躺在床上，今天经历的事太多，商场里与叶芝雨的"巧遇"，出商场又摔倒在吴桐树的车前，好在林景天今天没有为难她，今天的林景天还是那样的有风度。

【闪回】

年轻时的楚秋曼面对选择，一个是富商的儿子洪岑，另一个是工人的儿子林景天。

楚秋曼牵着洪岑的手走了，留下站着发呆的林景天。

【闪回结束】

有人敲门，是送货上门的，楚秋曼接过"健康智能体检一体机"，上面有一个单子，楚秋曼一看，￥5000.00元。

36. 大学 / 教室 / 日 内

看到童斐斐手里的刀，商学斌从包里也立即取出一把刀，童斐斐和商学斌两人手里各拿着一把小刀，对峙着。

辛茹躲在门口并没有离开，看到这样的情况，辛茹赶紧走到两人中间，挡住商学斌。

辛茹　童斐斐，你快走！

林熙踢门而入。

林熙（大吼一声）　把刀放下，你们还有没有王法！

童斐斐一看见林熙，顿时有了安全感，把刀一扔，像孩子一样扑在林熙怀里哭了起来。

37. 学校道路 / 汽车 / 日 内

汽车在学校道路上飞驰，就像喝了酒的醉汉，摇摇晃晃，商学斌边开车，边打电话。

商学斌　爸,那个林熙总是护着童斐斐,你神通广大,找个人帮我收拾收拾她。

商学斌爸爸　我再是神通广大,也不能帮着你胡作非为,我听说你的算法分析与设计考得不好,你要向童斐斐学习,不要谁的学习好就妒忌谁!

商学斌　你尽说大道理,你也护着童斐斐,他的大脑像计算机,我算不过他。

这时商学斌看见走近学生宿舍门口的童斐斐和林熙,引起了商学斌的注意和好奇。

商学斌　爸,我挂了啊,这会儿有点事。

商学斌立即驾车跟了过去,拿出手机对着童斐斐和林熙偷拍。

38. 市大数据局 / 办公室 / 日　内

林景天正在阅读"2021年中国国际大数据产业博览会"的有关资料,林景天的目光落在一组数据上。

林景天　从2015年大数据概念提出到现在已经五年多了,我们省的大数据产业发展很快,这组数据不够精准,你们要认真核对一下。另外,这一次的"大博会"势必会吸引众多企业过来选厂址,企业对他们大数据建库的地址非常看重,我们要先定下选址方案,企业家们可不是那么好糊弄的。

处长　华鑫企业已经在和我们提前沟通,今年要把数据扩大,需要把原厂址扩大。

林景天　对,针对已投资建设的企业,我们也要有方案,否则,你我可招架不起。

林景天的电话响了。

齐鸿哲　感谢林局长给我们解决展位的问题。是这样的,我一个好兄弟是"饿了吧"集团的老总,那可是餐饮业巨头,今年"大博会"也想把数据库落在我们林城,到时候希望林局长多多关照啊。

林景天　没有问题,放心鸿哲,我们拟订方案后,肯定会公平地让各企业选择的。

林景天挂了电话,小声嘀咕。

林景天　这齐鸿哲,打电话来准没什么轻松事。

处长　林局,还有现场接待,我们马上招聘志愿者,您不是说林城科技大学有现成的志愿者队伍吗?

林景天　我女儿在那里,她做事我很放心,交给她没问题的。要么,这会儿我们一起去看看。

林景天拨通电话。

林景天　老钟,在学校没,我来找你说件事。

钟鸣　林局,欢迎,欢迎。

39. 住宅小区 / 楚秋曼家 / 夜 内

虽然很疲倦了,但楚秋曼拿着"健康智能体检一体机",还是有一分好奇,有一分兴奋感,她想试试,便拆了封,安上电源,开始摆弄起来。

体重 50 千克,这个指标必须降下来。

血压 150/90mmHg,偏高,不过也没引起高度重视……

弄了半天,楚秋曼没有找到"智能"的感觉,她的情绪开始低落了,她心想,难道 5000 元的体验,就买了一个"儿童玩具"?是不是被戏弄了?

40. 学校 / 学生宿舍 / 门外 / 日 外

林熙　我就送你到这里了，回去好好反思，你这么一个"文静"的人，怎么也动刀子了？出了事可不得了，刀子给我，我替你保管！动刀是犯法的。

童斐斐听话地递过水果刀。

林熙　对嘛，下次不要和这样的人计较，你就好好学习，以你的专业能力，以后会有大出息的！我回去了，记得我和你说过的话。

童斐斐依依不舍，小孩子气地说。

童斐斐　林老师，你的扑克牌玩得真好，有机会你也教教我，这样我就可以好好教训教训商学斌了。

林熙　你就要毕业了，好好做毕业设计，不要把心思放在无聊的事上。

林熙说完用食指在童斐斐鼻子上刮了一下，童斐斐的心情顿时轻松了不少。

这时，商学斌按下了快门。

41. 学校 / 办公大楼 / 日 外

一辆黑色轿车驶入学校办公大楼，林景天从车里出来，副校长钟鸣迎了上去。

钟鸣　感谢林局长亲临我校指导！

林景天　指导不敢，我是无事不登三宝殿，我是来向贵校求助的，希望你们支持啊！

钟鸣、林景天踏进办公楼，两排1.7米左右的礼仪队员亭亭玉立，一道亮丽的风景线。

林景天　哈哈，钟校长这是给我"洗眼睛"？

钟鸣　识才才能用才嘛！我校的人才还行吧！

两人心领神会，哈哈大笑。

42. 学校 / 教室 / 日 内

王教授正在给学生上课。

王教授　同学们，你们是我们学校大数据学院"数据科学与大数据技术"专业的学生，这可是我们学校的重点专业，现在你们已经进入毕业设计阶段，你们要把学习的知识与实际相结合，解决实际问题，发挥好大数据应用的学科特点，在教育、医疗、餐饮、广告等方面，我们都有核心竞争力。

辛茹收到童斐斐的微信　下课后我们老地方见。

辛茹回童斐斐微信　你的开题报告写好了吗？我正好向你请教。

辛茹收到童斐斐微信　见面说。

辛茹收到商学斌的微信　下课后到小花园，我有话说。

辛茹回商学斌微信　不去。

辛茹收到商学斌微信　不去？你会后悔的。

辛茹回商学斌微信　就不去，你拿着刀子的样子很讨厌！

辛茹收到商学斌微信　这个人就不讨厌吗？（手机里收到一张照片，是林熙在刮童斐斐的鼻子）

辛茹若有所思的样子。

43. 学校 / 会议室 / 日 内

校方和市大数据局双方相谈甚欢。

林景天 感谢贵校和钟校长大力支持啊！有你们的支持，我们的"大博会"一定会增添光彩。我顺便问一下，你们学校有没有一个叫童斐斐的学生？

44. 市百货大楼 / 自动扶梯 / 日 内

叶芝雨在商场内走走看看，了解经营情况是她的习惯。这时助理递过报表给叶芝雨。

助理 经理，这是我们六月份的详细售卖报表。

叶芝雨 不错，比上个月是增加了。这增加部分都是来自电商渠道……

叶芝雨拿着报表思考片刻。

叶芝雨 我们要加大力度，以电商为主，选出主推品牌与款式。另外，实体是树立品牌最好的手段，我们可要配合打好线上线下组合拳！

这时，楚秋曼打电话来了，叶芝雨接电话。

叶芝雨 楚主任好。

电话那头楚秋曼的声音。

楚秋曼 叶经理，你给我推荐的"健康智能体检一体机"还行，我每次用，体检数据都记录下来了，只是5000元的商品，你只收了我500元钱，不合适，一会儿我来把差额补给你。

叶芝雨 楚主任不用客气，我们商场每日都有特价商品，你享受的就是特价优惠，没有什么差额，你就不用来了。商品好用就好，还有什么需要告诉我，我就是为你做好服务。楚主任，你可以关注我们公众号平台，有什么好用的我们博主都会即时直播，还会定期推出特价商品。

楚秋曼　好好好，那我可会经常关注。

45. 学校 / 博士湖边 / 日 外

童斐斐站在湖边，焦灼的表情，不停地看手机，一是看时间，二是等消息，就是不见辛茹的影子。

一辆轿车从湖边驶过，车内坐着钟鸣和林景天。

钟鸣喊住司机　停一下，停一下。

钟鸣指着湖边一个1.8米左右的男学生说。

钟鸣　林局，这就是童斐斐，学习成绩全年级第一，要不要去见见他？

林景天　不用，把他个人资料发给我就行。

46. 学校 / 教室 / 日 内

辛茹坐在教室里没有动，她知道商学斌就在附近，如果她冒险去博士湖，还不知商学斌有什么举动。她不愿商学斌伤害自己，更不愿商学斌伤害童斐斐。她坐在教室里正在想对策。

童斐斐打电话来，辛茹挂断了，她不想童斐斐卷进来，辛茹给林熙发微信：SOS（紧急呼救信号）。

辛茹和童斐斐都信任林熙。

47. 学校 / 大门 / 日 外

张晓成和林熙在校门口遇见了,张晓成手里拿着礼品。

张晓成 这是你最喜欢的"蓝风铃"香水,这味道闻了永远都忘不了,那天就应该给你的,不过今天正好,希望你喜欢。

林熙迟疑了一下,但还是礼貌地接过张晓成送的"蓝风铃"香水。

林熙 谢谢你的好意,下次请你吃饭。张晓成,童斐斐和商学斌你要多关心,昨天差一点动刀子了。

张晓成 不是我不肯,我一直关心他们,不过商学斌这个学生背景复杂,我也是无可奈何!

林熙手机响了,他们看见了手机上辛茹发来的微信:SOS。

林熙 辛茹在哪里?

张晓成打开手机里的查询表。

张晓成 在Ⅰ—101教室,今天他们在那里上课。

一辆车停在林熙面前,车里面坐着钟鸣和林景天。

林景天 小熙。

林熙 爸,我又有急事!一会儿见。

林熙和张晓成朝教室方向奔去。

48. 学校 / 博士湖 / 日 外

童斐斐正在为辛茹不接他的电话而烦躁,这时看见跑来的林熙和张晓成,童斐斐想,救星来了。

童斐斐 林老师,你们这是去哪儿?你们看见辛茹了吗?

林熙　我和张老师正要去找辛茹，你们在哪个教室上课？快带我们去！

童斐斐恍然大悟地跟着跑了。

49. 城市道路 / 出租车 / 日 内

出租车上正在播出关于老年健康的新闻，叶芝雨一边听，一边抱着一台"智能体检一体机"。司机和她聊天。

司机　大姐，广播里的广告常说这个"智能体检一体机"很好用，但我一个朋友买了一台，大呼上当了。我看你买了一台，如果不好使，可以退货吗？

叶芝雨听了这话，有些尴尬。

叶芝雨　当然可以退货，不过广告上说这商品很好用啊，为啥要退货？

司机　好用？不是广告说好用就好用。

叶芝雨一听这话，相信自己的判断了，她想，儿子是学大数据的，产品好坏，他应该有这个判断能力。

叶芝雨给童斐斐打电话。

童斐斐（电话中）　妈，我有急事，辛茹有危险，等问题解决了，我给你打电话。

叶芝雨（OS）　我儿子什么时候也变得急急巴巴的了。

50. 学校 / 教室 / 日 内

辛茹正在焦急等待，商学斌不知什么时候走进教室，"扑通"一下跪在辛茹面前，手里捧着一束玫瑰花，两手一伸，递到了辛茹面前。

这太突然了，完全不在她的意料之中，辛茹蒙了。这时，张晓成、林熙、童斐斐冲进教室，也觉得这种场面太意外了。

商学斌　你看，证人都来了，辛茹，你该收下这些玫瑰花了！

辛茹一动不动，坚决不收，激怒了商学斌。

商学斌（发疯地）　你们以为我只有刀子，不知道我还有玫瑰花，童斐斐，你脚踏两只船，你还有脸来见辛茹，你给我滚出去！

51. 学校 / 教室 / 日 内

童斐斐不知道哪里来的勇气，十分严肃地说。

童斐斐　商学斌，你偷拍别人，侵犯人权！我以后再和你理论，你给我滚！辛茹，咱们走！

童斐斐拉着辛茹就往外走。

商学斌还是第一次看到童斐斐这个凶样子，商学斌也就没敢再吭声，并且他在两个老师面前也不敢太放肆。

商学斌（脸上堆满笑）　童斐斐、辛茹，你们要走可以，但我有一个条件。

童斐斐　什么条件？

商学斌　你帮我完成毕业设计。

张晓成　不行，这个条件不成立！

童斐斐走到张晓成身边低声说。

童斐斐　老师，我有办法。

童斐斐走近商学斌。

童斐斐　商学斌，我可以答应你，不过要你、我、辛茹联合完成一个项目，作为毕业设计。并且我也有一个条件，你必须答应！

商学斌　什么条件？

童斐斐　收起你的卑鄙伎俩，再也不准伤害林熙老师，不准对辛茹无礼！

商学斌　那没问题，说到做到！

52. 市政府 / 办公室 / 日 内

林景天正在向吴桐树汇报工作。

林景天　吴市长，第一季度全市大数据相关产业的经济情况还是不错的，经济增长大致在 7% 左右，我们市在全省还是前三位，只是在大数据与实体经济结合、大数据改造传统产业方面，我们的步子迈得还不够，到处都在说缺人才，人才是制约发展的瓶颈……

吴桐树打断了林景天的话。

吴桐树　楚秋曼她们"人才办"正在弄一个关于大数据人才的培养、引进的方案，你和她对接一下，把你们关于大数据人才的想法吸收进去。

林景天迟疑了一下说。

林景天　好！另外，我去了一趟林城科技大学，了解了一下童斐斐的情况，成绩不错，年级第一，是一棵好苗子！我们局都想要这样的人才。

53. 住宅小区 / 叶芝雨家 / 日 内

叶芝雨正在摆弄"智能体检一体机"，她使用起来不是很方便，测出来的指标数据出入很大，她本想借这个机器套一下楚秋曼，好让她欠自己人情，帮她解决儿子的工作，现在看来，自己过分了。

正当叶芝雨对这个"智能体检一体机"捉摸不透的时候，儿子童斐斐回来了。

叶芝雨　斐斐，还不到周末，怎么提前回来了？

童斐斐　不是你急匆匆地打电话来说有事吗？

叶芝雨　你瞧妈这记性，我想让你回来看看我买的这个"智能体检一体机"智不智能。

童斐斐琢磨了一下说。

童斐斐　老醋装新瓶！

童斐斐若有所思。

54. 城市道路 / 汽车 / 日 内

按照吴桐树的要求，林景天去市人才办商量大数据相关人才的引进方案，林景天若不是有工作在身，他怎么也不愿去见楚秋曼。

【闪回】

某大学来了三位新生，学哲学的楚秋曼，学计算机的林景天，学企业管理的齐鸿哲，大学生活是丰富的，三个人同在一个社团搞志愿者服务，日久生情，楚秋曼看上林景天了，齐鸿哲爱上楚秋曼了，三人相处渐渐不自然了。

楚秋曼　明天是我的生日，景天你准备送什么生日礼物给我？

第二天，林景天送给楚秋曼一支英雄牌钢笔，楚秋曼脸上满是失望，这一切被齐鸿哲看在眼里。

有一天，当林景天、楚秋曼、齐鸿哲侃侃而谈的时候，一辆小车开了过来，一位穿着考究的年轻人走了过来，把楚秋曼接走了。林景天被刺痛了。

齐鸿哲　"经济基础决定上层建筑"，楚秋曼的"哲学"学得好啊。

【闪回结束】

林景天来到市人才办楼下，也许"大数据"会让林景天和楚秋曼的手再一次紧紧地握在一起。

55. 大学 / 实验室 / 日 内

童斐斐、商学斌、辛茹三人终于以合作的姿态坐到了一起。

童斐斐　我们的这个项目组叫"智能体检一体机（升级版）课题组"，我们要在原来的基础上，改进、升级一款高智能、高数字化的智能体检机器，适应大数据产业的发展，满足人们保持健康体魄的需要。

辛茹　我服从安排，我英语强，可以帮助你查询资料。

商学斌　我声明，我不能搞研究，只能搞后勤，你们想吃什么告诉我。

童斐斐　你就这出息！那我负责技术研究。

56. 市人才办 / 办公大楼 / 日 内

楚秋曼有些不安，十多年过去，他们两人还是单独在一间房子里，她担心林景天会记恨她，所以一直是小心翼翼的。

楚秋曼用了亲密的称呼。

楚秋曼　景天，到大数据局工作快两年了吧，还顺利吧？

林景天　我适应能力强，这些年经历了不少风雨，也见了不少世面，还行。我看你，过去的事还没有放下，该忘的就忘了吧！

林景天做出一副大度的样子。

楚秋曼换了一个话题。

楚秋曼　吴市长介绍的那个人怎么样啊？

林景天　你说苏童吗？这个人条件太多，既想当官，又想发财，有点难将就，还在谈。我看上次提的那个童斐斐还不错，我们局还就缺这样专业优秀的大学生。

楚秋曼　所以我们的人才方案需要落细、落实……

57. 学校 / 实验室 / 日 内

童斐斐和辛茹正在讨论开题报告，商学斌在一旁端茶送水。

商学斌　好饿哟，你们要吃什么？我点外卖。

童斐斐和辛茹继续讨论着，没人搭理商学斌。

商学斌　那我随便点了，这外卖软件上推送的可都是我爱吃的。

外卖很快送到了，桌上摆满了商学斌爱吃的各种比萨。

三人吃着，共同举杯。

童斐斐、辛茹、商学斌　干杯，祝我们的开题一切顺利！

58. 学校 / 实验室 / 夜 内

童斐斐连续熬了几天夜，太累了，趴在桌上就睡着了。辛茹拎着大包小包溜进了实验室，辛茹用爱怜的眼光看着童斐斐。

【闪回】

辛茹收到叶芝雨的微信　小辛，今天是斐斐的生日，我给斐斐买了生日蛋糕，但我太忙走不开，麻烦你来取一下，帮我送到实验室去。

【闪回结束】

辛茹把一个生日蛋糕放在熟睡的童斐斐面前。

59. 学校 / 实验室 / 夜 内

辛茹把蜡烛拿出来插在蛋糕上,用打火机点燃蜡烛,关掉实验室的灯,坐到童斐斐的面前,抓住童斐斐的双手,轻声地唱起了《生日歌》:"祝你生日快乐!……"

漆黑的夜里,只有实验室里透出的那一丝烛光。"祝你生日快乐!"的歌声,穿透力极强,吸引了众多的同学围观。

闻声而来的林熙、张晓成走到童斐斐、辛茹的面前,童斐斐睁开眼睛,看见了两位老师。

童斐斐　林老师、张老师……

多么美好的夜晚。

60. 学校 / 多功能报告厅 / 日 内

童斐斐在做项目时,数据怎么也不够精确,导致测量结果不准确。童斐斐他们三人陷入难题。

童斐斐找到了林熙和张晓成求助。

张晓成　别急,我明天带你们几个去一个地方,或许那里可以帮到你们。

第二天,童斐斐、辛茹、商学斌、林熙、张晓成都来到了多功能报告厅。

张晓成　叫你们过来,是因为我知道你们在做"智能体检一体机(升级版)"的项目,今天带你们去一个地方。

林熙　不知道又在卖什么关子。

童斐斐　张老师,什么地方啊?

61. 大数据展览中心 / 日 内

映入眼帘的是一个巨大的圆形建筑"大数据展览中心"。

进入后,一个超大的曲面屏吸引了大家。

商学斌自豪地说。

商学斌　这个展厅占地 8000 平方米,展示中心共包含"数字中国 贵州方案展区""数化万物 智在融合展区""云上筑梦 躬身耕耘展区""未来已来展区"和"智慧体验厅"五个展区……

大家津津有味地听着。商学斌得意扬扬地说。

商学斌　这不就是大数据与实体经济、社会民生、互联网、AI 人工智能等领域融合的情况嘛。

林熙　商学斌,看不出,你居然还知道这些。

童斐斐　看来是不能让你只做后勤保障了哟。

商学斌第一次被他们刮目相看,挠挠头笑着……

62. 大数据展览中心 / 夜 外

童斐斐　今晚回去奋笔疾书,今天的参观对"智能体检一体机及社会健康环境管理研究"的课题帮助真是太大了。

张晓成　大家今天都累了,我请大家吃饭。

童斐斐　不行,张老师都带我们来这里了,怎么还能让你请吃饭。我请。

林熙　学生和老师,当然是老师请吃饭,我请。

辛茹　大家不要争啦,我们……拿一副扑克牌来?

商学斌　我看可以，老规矩，"抽老K"！

童斐斐　这可是你说的啊。

童斐斐拿起扑克牌。

童斐斐　让我来试试，看看我跟林老师学到家没有。

玩牌结束，商学斌又抽到了"K"。

童斐斐　去点菜，元海大酒店。

辛茹　不许耍赖！

五个人一路上有说有笑。

63. 元海大酒店 / 包间 / 夜 内

商学斌在点菜。

童斐斐顺手拿出一张报纸，上面有市人才办和市大数据局招聘人才的公告。

童斐斐　你们看，这公告引进的要求是博士、硕士，条件很苛刻，本科生提都没提。辛茹，毕业后，你去考硕、博，生活费我给你挣，我有这个能力。

辛茹　斐斐，继续读书是你的事，我全力支持你，大数据方面你很灵光，将来会有大作为！

商学斌　辛茹，你不怕童斐斐翅膀硬了，飞走了！

辛茹　我自信，我能抓得住他的心。

辛茹问林熙。

辛茹　林老师，你有男朋友吗？

张晓成原本在弄着碗筷，立刻放下仔细听着。

林熙　你们猜？我当然没有啦，有的话还和你们几个小屁孩一块儿吃饭哟。

商学斌 我看张老师就很不错！

张晓成瞬间显得不自然起来。

64. 学校 / 图书馆 / 日 内

辛茹找到了童斐斐，悄声说。

辛茹 喂，原来你在这里。

童斐斐 哎，还是不正确，差了基础数据做支撑，数据不够，自然测量出来是不准的。

辛茹 不然我们再找找林熙老师，或许她有办法的。

童斐斐和辛茹找到了林熙，三人看着项目思前想后。林熙拨通了林景天的电话。

林熙 爸，你们局能查得到关于55岁以上老人的健康标准数据吗？我们在做项目时缺了这些数据做支撑啊。

林景天（电话中） 局里的数据都是加密保存的，但是你要的这方面的数据倒是没有什么问题，一会儿你来找我，我把这些数据资料给你。

林熙 哈哈哈，好的，谢谢爸！

65. 学校 / 教室 / 日 内

童斐斐他们有了林熙和张晓成的帮助，顺利地做完了设计。

毕业答辩正在进行。

童斐斐正在做"智能体检一体机及社会健康环境管理研究"的论文答辩。

老教授 用大数据的方式关注、关爱社会众多人民的健康,这个选题实用性强,很有意义。

其他教授看着这个选题纷纷点头。

毕业答辩继续进行……

答辩委员会主席宣布童斐斐等的成绩。

主席 童斐斐课题组答辩成绩优秀!

辛茹和商学斌在门外等着童斐斐,看到童斐斐出来,立即拥上前去。

辛茹 怎么样斐斐?如何?专家怎么说?

商学斌焦急的眼神,等待着童斐斐的回答。

童斐斐故作镇定,立即笑起来。

童斐斐 答辩成绩优秀!

童斐斐、辛茹、商学斌三人欢呼,紧紧拥抱在一起。

三人高兴地找到了张晓成和林熙,眼里露出笑意。

童斐斐 谢谢张老师、林老师!

张晓成开心地露出笑容,看看林熙说。

张晓成 谢我干吗,要谢就谢我们林老师!哈哈哈!

辛茹 我们决定,今晚要请两位老师吃饭!

大家开心地笑着。

66. 大数据局 / 办公室 / 日 内

林景天在看林城科技大学报上来的志愿者培训方案,他看了一下日历,距"大博会"召开不足两月了,这次工作刻不容缓。林景天批示:"务必抓紧落实,办出实效,做好服务,展现风采。"

齐鸿哲敲门进来,林景天抬头一看。

林景天　又是无事不登三宝殿？

齐鸿哲　你不是和我借5万元钱吗？我送来了。

林景天　猴年马月的事，怎么扯到今天？你不是真来送钱，出去，你不要给我下套。

齐鸿哲　送钱是虚，我来请教是实。

林景天　黄鼠狼给鸡拜年，没安好心。

齐鸿哲　"饿了吧"我那个好兄弟的事还需要劳烦你费心，大数据对于他们餐饮业真是尤为重要，事关未来发展。

67. 市人才办 / 办公室 / 日 内

楚秋曼给林景天打电话。

楚秋曼　我们的人才引进方案引起社会的普遍关注，这一步棋下得好啊，你不愧是"智多星"。

林景天　这个方案还是有缺陷，比如说硕士及以上高层次人才我们考虑得比较周全，但本科及以下就缺少办法，毕竟生产一线需要的大多数是本科学生，而且刚毕业的大学生有冲劲、有闯劲，许多大学生无论是专业能力还是综合能力，都是非常优秀的。像林城科技大学的童斐斐就很不错。如果我们在高校建立起合作以及针对性人才培养方案，那我们大数据局不愁得不到发展，同时还能提高大学生就业率，相信吴市长那边也是很支持的。

听了林景天的话，楚秋曼若有所思。

68. 住宅小区 / 叶芝雨家 / 日 内

中午叶芝雨下班，匆匆回到家。一进家门，叶芝雨就给楚秋曼打电话。

叶芝雨　楚主任，我想向您咨询一个事，你们的大数据人才引进方案我看了，但像我儿子这种情况，有没有什么政策？

楚秋曼（电话中）　你儿子是谁？

叶芝雨　童斐斐，是林城科技大学大数据相关专业的高才生。

突然，吴桐树进了门，一把按住叶芝雨，叶芝雨以为是贼来了，猛一用力，吴桐树被摔到一边，他好不容易爬起来，又要扑向叶芝雨，童斐斐横在面前，头上高高举起"智能体检一体机"。

童斐斐　你给我滚出去！

69. 学校／多功能厅／日　内

林熙正在给将要参加"大博会"服务的志愿者上礼仪课。今天林熙要上的是"颁奖礼仪"。

林熙　好，一个一个依次出场，不要急，要注意和颁奖嘉宾的站位，不能抢位，注意自己的仪表，要端庄大方，步子要稳……

这时，张晓成气喘吁吁地跑来，林熙示意他稍等。

林熙　大家休息一下，休息时跳一曲《敬酒舞》。

《敬酒舞》的曲子响起，学生们跳得多么欢快。

林熙走到张晓成身边。

林熙　什么事？看你急匆匆的……

70. 学校／多功能厅一角／日　内

林熙　什么事这么急？

张晓成　市人才办协调有关方面，从发达地区大学帮我们学校争取了一个推荐免试入学的大数据方面的研究生名额，我们班有三个学生符合推荐条件，包括童斐斐、辛茹和商学斌，你说推谁？

　　林　熙　那肯定是推童斐斐！

　　张晓成　有这么简单我还找你干吗？有人打招呼推荐商学斌！

71. 数博大楼 / 办公室 / 日 内

　　齐鸿哲给林景天打电话。

　　齐鸿哲　老同学，大数据库选址你不肯给我优先，我知道要按方案流程办，但人才你总可以推荐一个给我吧。

　　林景天　你这双挑剔的眼睛，看上谁了？

　　齐鸿哲　听说童斐斐正在接一个"智能体检一体机（升级版）"的研究，这个产品我们公司很需要，人才也需要，干脆你就推荐给我们好了！

　　林景天　口气很大，只怕你的庙小了！

72. 学校 / 博士湖 / 日 外

　　张晓成和林熙来到博士湖。

　　张晓成　推荐免试研究生人选的事，领导都催几次了，你想到办法了吗？

　　林　熙　办法我倒有一个，不知你敢不敢用。

　　张晓成　我知道你的小算盘了，又要玩你的拿手好戏？

　　林　熙　对，"抽老K"，但是，必须保密。

73. 学校 / 校长办公室 / 日 内

钟鸣正在接电话。

钟鸣　是，老领导，推荐免试研究生的事情，我一定处理好。

刚挂了电话，另一个电话进来了，是林景天的。

林景天（电话中）　老钟，你知道童斐斐是谁吗？是童声的儿子，当年我老母亲病重，是童声借了我5万元才救了我老母亲一条命。

74. 学校 / 博士湖 / 日 外

张晓成、林熙、童斐斐、辛茹、商学斌站在一起，都很紧张，他们决定谁抽到"红桃K"，免试研究生的名额就给谁。

童斐斐、辛茹、商学斌各抽了一张扑克牌，翻开一看，辛茹抽到了"红桃K"。

童斐斐（笑着）　恭喜辛茹！

商学斌（一副苦瓜相）　恭喜辛茹！

林熙像大姐姐一样地对辛茹说。

林熙　恭喜辛茹，人生又开始有了新的起点，加油！

辛茹拿着手里的"红桃K"，脸上露出了笑容，但还是若有所思的样子。

75. 学校 / 广场 / 日 外

林城科技大学的青年志愿者整齐排列，整装待发，青春焕发，朝气蓬勃。

钟鸣　同学们，"大博会"就要开幕了，你们准备好了吗？

同学们　准备好了！

钟鸣　大家要打起精神，将我们林城科技大学最好的一面展现给大家。

同学们（铿锵有力地）　好的，校长！

童斐斐走到辛茹身边。

童斐斐　辛茹，志愿者的衣服穿在你身上，真好看。

商学斌　童斐斐，光天化日之下，别恶心人行不。

童斐斐　不要你管！辛茹就是好看！

辛茹　你们别吵了，两位帅哥，我们准备出发了。

76. "大博会" / 展厅 / 日 内

电视台正在直播"大博会"的开幕式，展厅内人潮涌动，热闹非凡。

大数据展厅内，主持人上台给大家介绍："大数据展厅主要划分为智慧农业、智慧教育、智慧工业、智慧金融、智慧交通、智慧政务等领域，各大展区围绕着中心弧形展区无缝连接，首尾呼应，过渡自然，给人以无限宽广之感。主题设定以独特、灵动、简约、交互为出发点，充分利用既有空间，以质感灰、科技蓝、纯净白为主色调，还在多处细节融合了象征着生命力与希望的绿色调，将展厅的科技感和大数据特质提升到极致。"

展厅内弧形大屏幕上直播开幕式。各位企业家们在展厅中间就座。

直播开始，市大数据局局长讲话："感知大数据、体验大数据、应用大数据，大数据密不可分地影响产业链……"

童斐斐的眼睛一直盯着大屏幕，心想，这不就是自己奋斗的动力和希望吗。

展厅内有一排中等大小的显示器。

童斐斐走到这排显示器下面，看着介绍："星月科技主要采用了大数据技术，借助图形化的表达手段，打造了一套'人类健康大数据可视化系统'，针对人类健康进行各类数据的开发与数据分析，从多角度观察数据。"

童斐斐用手在屏幕上触控，直观地看到所有数据的变化与分析，更好地了解到大数据针对人类健康具体分析的结果与内容。

童斐斐　太妙了！

林熙看到了童斐斐。

林熙　斐斐，你跟我来。

77."大博会"/ 展厅 / 日　内

林熙指着另一块屏幕。

林熙　斐斐你看，大数据政府联动平台。

童斐斐用手触控，看到这个屏幕采用的是双屏联动的方式。

童斐斐　林老师，这里还有智慧城市、人脸识别、交通车辆监测，并进行数据的可视化分析，可以更为有效地对城市进行云数据监测和分析。

林熙　是的，所以斐斐，你专业能力那么好，以后在大数据上一定会有更大的造诣，虽然免试研究生没有选上，但是你可以通过自己的努力考上研究生。

童斐斐　放心林老师，我会努力的！

78."大博会"/ 展厅 / 日　内

展厅内，大家都在观摩各行业数据情况。

这时，商学斌正站在虚拟3D试衣镜前，用手朝着摄像头左滑滑、右滑滑。

这是通过深度摄像头捕捉，利用体感技术进行性别选择、服饰的替换、尺码的调节，从而进行线上的衣物订购。

看着商学斌这副模样的童斐斐大笑。

童斐斐 商学斌，你在干吗？

商学斌 你不懂，我这是在虚拟试衣，直接在厂商那儿买衣服，你看我帅吗？哈哈哈，还是比你帅一点点。

自恋的商学斌在虚拟3D试衣镜前手舞足蹈着。

79. "大博会"/展厅一角/日 内

商学斌把童斐斐、辛茹拉到展厅一角，搬了两把椅子给童斐斐和辛茹坐下，对着二人鞠了一躬。

商学斌 童斐斐、辛茹，我求求你们俩，能不能把免试研究生的名额让给我？

童斐斐 学斌，我和辛茹商量了，这个名额我们放弃了，我们自己考！

辛茹 奋斗的青春最美丽！

童斐斐 奋斗的青春最绚丽！

辛茹、童斐斐 我们自己奋斗！

商学斌一听猛地直起身来，"哇"一声，飞奔出展厅……

童斐斐和辛茹手拉着手，对视一笑。

全剧终

百鸟衣

编剧：曾　羽　何梓铭

故事大纲

　　故事讲述了来自农村的杨水钰在大学毕业后，回到家乡和母亲学习苗绣手艺。在迷茫时，只身来到贵阳东明服装公司，面对重重困难，在传世珍宝"百鸟衣"的启发下，凭着聪明智慧以及敢打敢拼的精神，成为MIAO品牌创始人，并创立自己的公司，但她并不满足于此，最终，通过努力成为苗绣非物质文化遗产传承人。本剧本充分体现了主人公杨水钰不畏失败、不惧挫折，敢于追梦、积极进取的拼搏精神；展现了她想通过努力使苗族人民智慧的结晶——苗绣走出大山、走向世界的决心。通过杨水钰这个人物，展现了少数民族地区人民在经济社会深刻发展的今天，依然能够不忘初心、坚定传承非物质文化遗产的自觉性和自信心。本剧本深入贯彻习近平总书记在贵州检查调研期间的重要讲话精神，聚焦少数民族特色优势，发扬民族文化产业，推进民族团结进步事业高质量发展。

人物表

主要人物：

江浩东　　男，30岁，东明服装公司副总经理。

杨水钰　　女，28岁，MIAO品牌创始人，苗绣非物质文化遗产传承人。

张梦馨　　女，28岁，赵氏集团设计部部长。

赵　博　　男，30岁，赵氏集团继承人。

江海峰　　男，60岁，江浩东的父亲，东明服装公司董事长。

杨春生　　男，65岁，坪上乡村民，杨水钰的父亲。

王凤珍　　女，60岁，坪上乡村民，杨水钰的母亲。

杨水梦　　男，36岁，坪上乡村民，杨水钰的堂兄。

仁　叔　　男，62岁，坪上乡村民。

德　宏　　男，65岁，坪上乡村民。

李医生　　男，45岁，坪上乡卫生院医生。

李　立　　女，32岁，江浩东的秘书。

剧　本

1. 水西县坪上乡 / 农户 / 夜 内

这是一个风雨交加的夜晚，突如其来的暴雨在这个远离城市的苗族村寨"哗啦啦"下个不停。仁叔站在苗族乡民祭祖台前，祈祷祖上保佑他全家免遭天灾，光宗耀祖，发财宏达。

仁叔的拜把兄弟德宏不知什么时候走了进来，他浑身湿透，一边抖着雨水，一边冷嘲热讽。

德宏　仁叔，我每次来你家，都看你这么虔诚地祭祖，这么多年过去，你发了吗？

仁叔　没有。

德宏　我有一策，包你瞬间暴富，今天下雨，正好天赐良机。

2. 水西县坪上乡 / 杨春生家 / 夜 内

窗外剧烈的雨滴声，就像打在杨水钰心上，让她阵阵发痛，母亲王凤珍躺在床上，胸口痛得喘不过气来，杨水钰紧紧拉着母亲的手，着急得不知所措。

站在母女身边的杨水钰父亲杨春生唠叨着。

杨春生　水钰，你哥去接医生，已经有半天了，怎么还不来啊！急死人了，我出去看看。

杨水钰　爸爸，雨太大了，你可要多加小心。

3. 坪上大坡 / 山路 / 夜 外

杨水钰的堂兄杨水梦开着一辆破旧的面包车，行进在崎岖不平的山路上，雨中视线不好，汽车东弯西拐，坐在车内的乡卫生院的李医生，不时发出"啊""啊"的惊叫声。

杨水梦　李医生，雨大，视线不好，我尽量开稳一些，颠着你了，你担待着点，还有五公里左右就到了。

李医生　还有五公里啊？我晕车了，不知道能不能坚持到最后。

4. 水西县坪上乡 / 仁叔家 / 夜 内

德宏把嘴凑在仁叔的耳朵边。

德宏　仁叔，趁着下雨，你和我去"取"一件传世珍宝，一件能让我们发大财的绣品，你什么都不用做，你帮我放哨就行，事成之后，我们七三分成。

仁叔疑惑地看着德宏，心想，取传世珍宝，哪有这种好事？

5. 坪上大坡 / 山路 / 夜 外

一个中年人驾着一辆高级轿车行进在山路上，中年人是东明服装公司的董事长江海峰，江海峰的儿子坐在副驾驶座位上，恰逢即将高考，江浩东还在背英语单词。

江海峰　浩东，休息一会儿，虽然要高考了，也不要太紧张，我带你来坪上乡，就是要让你欣赏一件传世珍宝，让你放松放松，如果合适，我准备买下它。

  江浩东 这山沟沟里会有什么传世珍宝？

  江海峰 见识少了吧！你知道苗族绣品"百鸟衣"吗？

6. 水西县坪上乡 / 杨春生家 / 夜 内

  王凤珍 水钰爸爸，你去看看就赶紧回来，我的右眼皮跳得厉害，好像有什么事情要发生一样。

  杨春生 凤珍，你那件宝贝藏好没有？

  王凤珍点点头。

  杨春生 对了，我差一点忘了，上午村长给我说，他接着县里领导的电话，说有一位大老板要来咱家看你的宝贝。

7. 坪上大坡 / 山路 / 夜 外

  江海峰发现前面路边有一辆车抛锚了，便示意江浩东握紧手中的把手。

  杨水梦站在路中央，挥臂急呼。

  杨水梦 请帮帮忙，送李医生去坪上乡，救人一命……

8. 坪上乡 / 道路 / 夜 外

  仁叔跟着德宏走了一段，不知道要去做什么，心里不踏实，便停住了脚步。

  德宏 仁叔，怎么不走了？我们要抓紧一点，否则就会被别人抢了先。

  仁叔 去哪里？去做什么？我都不知道，你让我怎么走得动。

德宏嘴角上扬，阴阴一笑。

德宏　好，实话实说，我们去杨春生家，他家可是有个宝贝呢，我们去取"百鸟衣"怎么样？这个买卖不错吧！

仁叔　取？是去偷还是去抢？这种事我干不了！

德宏一把抓住仁叔。

德宏　必须干，你没有选择！

德宏的一把刀顶住了仁叔的胸口。

9. 坪上乡 / 道路 / 夜 外

一辆轿车驶了过来，仁叔、德宏赶紧避让，汽车溅了他俩一身泥水，德宏正要骂娘，被仁叔制止了。

仁叔　你要惹事正好，我就不用去干偷鸡摸狗的事了。

德宏　好好好，不惹事，干"正事"去。

汽车停在杨春生的房子面前，从车上走下了江海峰、江浩东、杨水梦和李医生，四个人匆匆地走进屋里。

仁叔、德宏也悄悄地溜进了杨春生的屋子。

10. 坪上乡 / 杨春生家 / 夜 内

李医生赶紧给王凤珍检查病情，一阵忙碌。恰好此时，杨水钰和江浩东四目相对，女的靓、男的帅，杨水钰有触电的感觉，脸都羞红了。

李医生检查来检查去，说不出所以然，便开了一些止痛药给王凤珍。

李医生　你的病很严重，这里医疗条件太差，我有心无力，抓紧送到省城权威医院治疗，千万不要耽误。

这时杨水钰看见一个人拿着一个包溜了出去，便大呼。

杨水钰　有贼！

杨春生跑到屋里一看，"百鸟衣"不见了。

11. 坪上乡 / 街道 / 夜 外

杨春生冲到街上，看到一栋房屋的拐角处一个抱着包袱的人影一闪就不见了，杨春生冒雨奔跑过去。

杨水钰和江浩东两个少男少女也紧随其后，杨水钰边跑边喊。

杨水钰　爸爸小心啊！不要让贼伤着你。

奔跑中的杨春生背部突然遭到棒子的猛烈打击，扑倒在地面上。

远处的杨水钰一急，脚扭伤了，也倒在地上，江浩东伸手搀扶杨水钰，一丝感动从杨水钰的心头掠过。

杨水钰　快走，救我爸爸……

【字幕】十年以后

12. 筑城 / 东明服装公司 / 日 外

筑城高楼耸立，车水马龙，一片繁华景象。位于城中心的盛世商务大厦极其引人注目。随着人们生活水平的不断提高，民族服饰受到了消费者的青睐，催生了民族服装业的快速发展，筑城的民族服饰已经开始享誉海内外，盛世商务大厦便成为高端民族服饰的聚焦点。

研究生刚毕业，江浩东就到东明服装公司工作了。这一天，他戴着墨镜，一身西装，脚上是黑得发亮的皮鞋，从轿车里走下来，太阳照射在他的身上，感觉整个人都在发光。原来，今天是他晋升东明服装公司副总经理的好日子。

13. 东明服装公司 / 办公室 / 日 内

江浩东走出电梯准备进办公室,"嘭"的一声,五颜六色的礼花落在江浩东的头上,办公室的全体同事全部站起来鼓掌,祝贺江浩东荣升副总经理。

江浩东挥手示意谢谢大家,便来到自己的副总办公室。

14. 坪上乡 / 村头 / 日 外

杨水钰拖着一个行李箱,缓缓走到村口的候车处,她一步一回头,心头眷念的还是一病一残的父母。大学毕业后,她便回到了老家跟随妈妈继续学习刺绣,她有许多的不舍,但为了梦想,她必须走。

【闪回】

杨水钰给大学同学赵博打电话请求帮助。

赵博(电话中) 水钰,筑城盛世商务大厦旁的特色商品市场,苗族绣片非常好卖,价格也不错,你来吧!不过我的老板安排我在上海搞经销,一时回不来,请你务必理解,你的住宿我安排好了,你去住就行……

【闪回结束】

杨水钰行李箱里的绣片是她和妈妈熬更守夜绣的,一定要卖出去,全家人才有希望。

杨水钰迷茫的目光望着远方,她不知道等待她的是什么。

15. 筑城 / 住宅小区 / 江海峰家 / 夜 内

江浩东的妈妈备了一桌的菜，还有红酒，一家三口坐着吃饭。

江海峰　浩东，恭喜你成为东明的副总，爸爸、妈妈很看好你，继续努力，来，我们一起干了这杯！

江浩东　谢谢爸爸、妈妈的培养，我会继续努力，让东明做得更好。

江海峰　我今天接到省里面的文件，让我们公司参加省里举办的"中国银饰刺绣博览会"，既然你已经成为副总，这件事情就交给你来办，这是你上任后的第一把火，我相信你会做好！

江浩东　好的，爸爸，正好明天我准备去搞市场调研，我就顺便去看看市面上刺绣品的情况。

16. 筑城 / 赵氏集团办公室 / 日 内

张梦馨是一个漂亮又讲究的女人，年纪不大，但有些气场。从巴黎时装学院读研回来后，她被赵氏集团引进，担任赵氏集团的首席设计师兼设计部部长。她办公室的墙上贴满了各式各样高端服装的图片，非常引人注目。

张梦馨坐在办公室的椅子上转动着笔，似乎心里在想什么事，这时秘书敲门进来。

秘书　张部长，我们部门今天接到一个文件通知，是关于省里面即将举办"中国银饰刺绣博览会"的，请您看看。

张梦馨　好的，知道了，放桌上吧。

17. 筑城 / 市东路商贸市场 / 日 外

市东路商贸市场就像一个大杂货店，能卖的都有卖。杨水钰置身其中，已经眼花缭乱。

杨水钰在手机上找到赵博给她的地址，来到一个小门面，门面上方写着"民族绣品店"，一男一女在里面。

杨水钰　请问老板，你们这里收购苗族绣片吗？

女人　是什么样的绣片？给我看看。

杨水钰从随身带的包里拿出了一张绣片递给她。

女人　你是哪里人？绣片是你绣的？

杨水钰　大山深处的坪上乡人，绣片是我和我妈绣的。

男人　你怎么卖，多少钱一片？太贵了不要。

杨水钰　请您看看值多少钱，这都是我妈的心血。

男人　你就这一片还是还有？

杨水钰　我今天只带了这一片，如果价格合适，我那里还有好多，都是准备卖的。

男人　这样吧，这一片你先留在这里，我给你一点定金，改天你都带过来，我们瞧得上的话可以都给你收购了，价格不会亏待你的。

杨水钰半信半疑，她犹豫了，心里想要不要相信他们，她很担心被欺骗。

杨水钰心事重重地回到了宾馆。

18. 商务大厦 / 办公室 / 日 内

正在商务大厦周边搞市场调研的江浩东看见一件陈列品"百鸟衣"感到

新奇，他想起十年前，他和父亲去坪上乡就是为了购传世珍宝"百鸟衣"，这里怎么有"百鸟衣"？莫非是仿制品。

江浩东正在纳闷，张梦馨打来电话，要江浩东去商量一件事，江浩东没多想，挂了电话，就来到了张梦馨的办公室。

江浩东了解张梦馨，她平时就是惜时如金的人，怎么会有时间让他来闲聊。

江浩东 梦馨，我们就直奔主题吧！你有什么事情，请讲。

这么多年来，江浩东对张梦馨都是这么彬彬有礼，这是张梦馨最受不了的，但她喜欢江浩东，还想依附江浩东，为了获得江浩东的好感，她还得忍受。

张梦馨 浩东，你们公司的产品影响力很大，我们很想和你们强强联合。前几天接到省里面的通知，让参加"中国银饰刺绣博览会"，我想听听你的意见，你们公司是否有意参加？

江浩东 准备参加，这个活动由我负责，我很想好好组织一下去参展，就是没有头绪，刚才我还在你们大厦附近搞市场调研，看看现在市面上有没有好的作品能启发我。

张梦馨 那你有没有想法和我们合作？我们两个公司一起联合参展。

江浩东 张大小姐，我怎么敢高攀贵公司，我看是没这个必要了吧！

张梦馨见江浩东不情愿合作，很不高兴，急忙打断。

张梦馨 哦，瞧不起我们公司？我可是时时想着你。对了，我从法国回来时，给你带了一件时尚风衣，你不会拒绝吧？

张梦馨诡秘一笑，江浩东不置可否。

19. 筑城 / 商务大厦附近 / 日 外

江浩东从商务大厦走出来，手里抱着西装外套，他边接电话边走着，突然看到一家名为"民族绣品店"的不起眼的小店，他想去"捡漏"，便挂了电话走进去瞧瞧。

江浩东扫视了一圈，没有看到满意的绣品，就问老板。

江浩东　你们除了展示柜里的这些绣品，还有其他更好的吗？

老板　先生，您需要哪种绣品？我这里的绣品都是从苗寨收来的，您再看看。

江浩东又转悠了一圈，还是没有看到特别满意的，就准备出去了。

这时老板突然想起前几天杨水钰放在这里的绣品，准备拿出来给江浩东看。

老板　先生，请留步，我这里有一块特别好的绣片，您来看看是否满意。

江浩东看到这块精致的绣片，特别像百鸟衣上的绣片，他认定这就是自己想要的，急忙问老板。

江浩东　这个绣片的主人是谁？有没有办法帮忙联系？

老板　她应该过两天还会来店里，要不您留一个联系方式，她过来的时候我告知您。

江浩东　她是谁？

老板　一个苗族女孩。

江浩东　苗族女孩？

江浩东若有所思。

20. 筑城 / 宾馆 / 日 内

回到宾馆的杨水钰不安地躺在床上，整个人呈一个"大"字，来筑城的这几天，今天是最有收获的一天，绣品有了卖处，但是，没有最终敲定，她还不踏实。

杨水钰拿起手机给赵博打电话。

赵博 水钰，到筑城了吧？怎么样？还习惯吗？

杨水钰 谢谢你，我已经在你安排的宾馆住下了，给你说一个好消息，我今天去你介绍的那个市场逛了，的确有一家"民族绣品店"，老板收下了我的一件绣片，还说想办法帮我卖出去。

赵博 哦，这么快就有好消息！那祝贺你啊，有志者事竟成。

赵博阴阴一笑，挂断了电话。

21. 城市道路 / 轿车 / 日 外

车内的江浩东想着下午的事，张梦馨究竟为什么想要和东明合作，她到底有什么目的？窃取东明的商业秘密？她出面干这事，不至于吧！

张梦馨的主动示好没有唤起他的激情，在他脑海里挥之不去的还是十年前那个清纯的女孩，他的大学同学杨水钰。他无法解释自己的这种思念，但他又抑制不住自己的这种情绪，他也没有解决问题的办法。

江浩东满心期待绣品店来电话，他希望绣片的主人是她。

正在这时，江浩东接到公司电话，电话那端传来急迫的声音。

江浩东 什么？出口服装质量出现问题？大批量退货？怎么回事？我马上到公司处理这事儿。

22. 上海 / 高级宾馆 / 日 内

赵博拨通张梦馨的电话。

赵博　张梦馨，你的"情敌"杨水钰来筑城了，带来了一堆的绣片，你们大厦旁边的绣品店准备全部收购，来者不善啊，你准备怎么应对？

张梦馨　你怎么知道她来了？

赵博　你别管我怎么知道的，接下来估计她很快就会遇到江浩东了，马上就是"烈火遇干柴"，你自己看着办！

赵博挂断了电话。

张梦馨被激怒了，满脸的愤怒。

张梦馨　杨水钰，你真是阴魂不散，搞不倒你，我不姓张。

23. 筑城 / 东明服装公司 / 日 内

江浩东火急火燎地走在公司楼层的走道上。

江浩东　马上召开紧急会议，分析事故原因，寻找对策，如果有人做了手脚，我决不轻饶。

秘书　好的，江总，我这就去安排。

江浩东出现在会议室时，有关部门的负责人已经在等候他了。

24. 筑城 / 绣品店 / 日 内

张梦馨来到绣品店，问老板前两天是不是有个女孩拿了绣片来卖，她想看看这块绣片。

老板　果然好东西大家都喜欢啊。姑娘怎么知道我这里有一块好的绣片，是不是那位先生派你来的？

张梦馨　哪位先生？

老板（拿出名片）　江浩东，东明服装公司副总，他一眼就相中了这块绣片，想要这块绣片的主人的联系方式，我还没联系他呢。

张梦馨　什么？江浩东？他来过这里了吗？

老板　姑娘你不是江先生派来的吗？那我搞错了。

张梦馨　你给江浩东副总联系方式了吗？我是他的秘书，这样，如果这个女孩来了你就告诉我，我们江总事情多，不一定忙得过来，他的事务由我来处理。

25. 东明服装公司／会议室／日 内

江浩东端坐在主位上，声色严厉。

江浩东　各位经理说说情况，问题出在哪里？

经理一　染布车间查了，没有问题。

经理二　剪裁车间查了，没有问题。

经理三　缝制车间查了，没有问题。

经理四　包装车间查了，没有问题。

江浩东　都没有问题，那为什么出现质量问题？为什么被退货？这怎么解释？谁能回答？

销售经理　是海关的检验报告里说有问题，才出现了退货的情况，但海关报告我们现在都没有看到。

江浩东　问题是海关检验出来的，那就必须去海关搞清楚情况。林经理（销售经理）和我去海关，小李（秘书），你给赵氏集团的张梦馨部长打个电话，让她陪我去海关，海关那里她有熟人。

26. 商务大厦 / 张梦馨办公室 / 日 内

张梦馨在打电话，脸上露出得意的神色。

张梦馨　什么？东明公司乱了？乱了好，乱了江浩东才会来求我。

张梦馨嘻嘻一笑。

27. 筑城 / 绣品店 / 日 内

杨水钰满心欢喜地拖着一行李箱的绣片来到绣品店，想着一会儿就能把所有绣片都卖出去，就能赚到不少钱了，心里很高兴。这些绣片都是妈妈的心血，妈妈的身体就是熬更守夜被拖垮的。

老板　姑娘，你终于来了，我还以为你反悔不卖了呢。

杨水钰　老板，你看看，这里都是我家的绣片，如果你心诚，请善待它们，给我一个好价钱。

老板　姑娘，有一位先生瞧中了你的绣片，我看他也是不一般的人，我就把你的绣片推荐给了他。

杨水钰心想，会不会是老板不想要自己的绣片了，故意扯的借口啊。

杨水钰　老板，你不能这样啊，一会儿东一会儿西，到底买不买啊？那天你说你都要我才拿过来的。

说着说着，杨水钰眼里泛起了泪花，她想着妈妈还等着这个钱治病呢。

老板　姑娘，你别哭，我是一个牵线搭桥的人，这样，我马上给这位先生打电话，你坐着等一会儿。

老板想起了那天张梦馨说是他的秘书，就给张梦馨拨通了电话。

张梦馨正在公司接待国外来的服装批发商，便说让杨水钰等一会儿，她接待完客人就过来。

等了两个小时的杨水钰看还没有人来，害怕自己被放鸽子，就去和老板要联系人的电话，打算自己联系。

老板拿出江浩东的名片。

老板　就是这位先生，但是他很忙，我联系的是他的秘书张梦馨。

老板说完还指了指江浩东留给他的名片。

杨水钰拿过名片，的确是江浩东，这是我那个同学江浩东吗？还有他的秘书张梦馨，怎么这么巧啊！

【闪回】

杨水钰和江浩东是大学同学，在读书时，两人就互相欣赏对方，江浩东经常帮助杨水钰。有一次，江浩东和杨水钰两人在画室，江浩东陪她画服装设计图，手把手地教她，杨水钰羞涩地看着江浩东，在心里埋下了爱的种子。

【闪回结束】

杨水钰拨通江浩东的电话。

杨水钰　是你吗？浩东，我是水钰。

江浩东　水钰，你是水钰？你在哪里？水钰。

杨水钰　我在盛世商务大厦旁边的绣品店。

江浩东　你怎么会在那里？

江浩东突然想起来前几天自己去绣品店留了电话，难道那块绣片是水钰绣的？

江浩东　水钰，你在那里等我，我马上过来。

28. 筑城 / 绣品店 / 日 内

江浩东开车匆忙赶到绣品店，他没想到会在这里遇见水钰，更没有想到水钰现在的刺绣水平提高了。

江浩东　水钰，我们找个地方吃饭，坐下聊吧。

杨水钰　好。

杨水钰坐着江浩东的车离开了绣品店，张梦馨忙完过来扑了个空，老板告知张梦馨，江浩东带走了杨水钰，张梦馨气得直跺脚。

29. 上海 / 高级宾馆 / 日 内

天气炎热，室内游泳池备受青睐。赵博"扑通"一声扎进了游泳池。他的前面是阿蛟，他奋力向阿蛟追去，他们事先有约，只要赵博在泳池的赛道内抓住阿蛟，就有10万元钱的奖励，奖金还是很诱人的。

阿蛟的水下耳机接到指令："绝对不能被抓住。"阿蛟奋力向前游去，但此时，他突然肚子疼痛，游泳的速度明显慢了下来，就在快到终点的瞬间，阿蛟被赵博抓住了，岸上的男男女女一片喝彩声。

阿蛟上岸，被他的老板一脚踢进了水里。

赵博上了岸，一副胜利者的姿态，盛气凌人，这时，他的手机响了，跟班把手机递给他。

张梦馨（电话中）　江浩东见到了杨水钰，还带走了她。

赵博　什么？我不是给你说了吗？最好别让他们见着，你……

赵博挂断了电话。

30. 商务大厦 / 办公室 / 日 内

张梦馨坐在椅子上，正想着接下来怎么办，电话来了。

秘书（电话中） 张部长您好，我是东明服装公司江总的秘书，江总让我联系您，想麻烦您陪他去趟海关。

张梦馨想起东明遇到事情还没处理，江浩东应该是求自己来了。

张梦馨　行，什么时候？让他来接我。

秘书（电话中） 好的，江总明天早上来接您。

张梦馨又是诡秘一笑。

31. 筑城 / 高级饭店 / 日 内

江浩东带杨水钰来到饭店，两人一阵寒暄后。

江浩东　水钰，我公司现在正在筹备一个关于银饰刺绣博览会的展览，我看了你的作品，非常出乎我的意料，没想到大学毕业后你依然那么努力，你现在的手艺已经炉火纯青，你能不能帮帮我，我们一起完成参展任务。

杨水钰　浩东，谢谢你对我的认可，我毕业后就回乡跟妈妈学刺绣，这些作品都是我和我妈一针一线熬更守夜绣的，只可惜在乡下没有市场，我才带着绣片来筑城销售。我很想帮你，但是我怕我能力不够，让你失望。另外，我妈生病，当务之急是卖绣片，给我妈治病。

江浩东　水钰，你行，没有比你行的了，我相信你一定可以帮我完成这个展，你也给自己一个展示的机会，好吗？绣片……

杨水钰　绣片我自己卖。你的事嘛，我试试……

江浩东没有勉强杨水钰，他知道杨水钰很要强，最不愿意接受男孩子的施舍，他只好暗中帮她了。

杨水钰想着自己来筑城需要立足，正好这是个机会，便答应了。

32. 海关大楼 / 会议室 / 日 内

省海关张俊处长已经在等候江浩东和张梦馨了，寒暄之后，进入主题。

海关一工作人员汇报　在送检的 10 箱样品中，我们发现有一箱服装有脱线问题，而且还比较普遍。

江浩东一听火就蹿上来了，猛地一下站了起来，张梦馨拉了拉江浩东，示意他不要失态。

张梦馨　表哥，不，张俊处长，除此之外，还有什么问题，一并说完，我们好商量对策。

另一名海关工作人员　我发现一个蹊跷的现象，质量不合格的这一箱的包装箱与其他九箱的颜色稍有差异，我怀疑……

江浩东反应快　你怀疑被调包？

33. 筑城 / 宾馆 / 日 内

杨水钰正在收拾自己的行李，准备搬去东明服装公司的员工宿舍。想着自己找到了工作，还碰到了江浩东和他一起工作，杨水钰高兴地拿起手机给妈妈打电话。

杨水钰　妈妈，您放心，我在筑城已经找到了工作，还把绣片介绍给东明服装公司，他们可能会把我们的绣片作为重要元素参考，设计新的作品参加中国银饰刺绣博览会。卖绣片的事，慢慢来，您多多保重。

王凤珍（电话中）　水钰，我的好女儿，妈妈就知道你一定可以的，你也别太辛苦，一个人在外面打拼要照顾好自己。

  杨水钰 妈妈，我知道的，您照顾好身体才是。我一边打工一边学习，等我将来有能力了，我就创造自己的品牌，办自己的公司。

34. 海关大楼 / 广场 / 日 外

  江浩东、张梦馨从大楼里出来，江浩东走得快，张梦馨有些跟不上。

  张梦馨 江浩东，你走那么快干吗？你是不是想完事走人，过河拆桥呀？

  江浩东 我急着回去查内鬼！

  张梦馨 你查什么内鬼？查内鬼有查内鬼的人，你不要事必躬亲，你就不请我吃饭？你今天不请我吃饭，我就不让你走。

  张梦馨说完拽住了江浩东，江浩东无奈地瞪了一眼张梦馨。

  江浩东 你就是这么霸道，不讲道理！

  张梦馨（得意地） 本姑娘喜欢！

  江浩东拿张梦馨没办法，只好答应请她吃饭。

35. 上海 / 高级宾馆 / 日 内

  赵博和几个生意人在聊天，赵博大声嘲笑江浩东。

  赵博 让江浩东去查，查清楚了，海外市场已经丢了，损失无法弥补。

  赵博手机响了，一看是杨水钰打来的，便挂断了，他不接杨水钰的电话是想吊着杨水钰的胃口。

  赵博突然想起一件事，便问手下。

  赵博 阿蛟怎么样了？

手下 阿蛟估计是被他的老板灭了。我不明白,阿蛟游泳技术远在你之上,你怎么会追上他的呢?

赵博(阴险地) 他吃了不该吃的东西!

36. 东明服装公司 / 办公室 / 日 内

大清早,江浩东带着杨水钰来到东明服装公司办公室,向制作部的同事介绍。

江浩东 大家早上好,我旁边这位是杨水钰,新来的同事,接下来我公司参加"中国银饰刺绣博览会"新产品开发一事将由她领着各位一起完成。

杨水钰 大家好,我叫杨水钰,初来公司工作,希望未来的日子可以和大家相处愉快,工作上还请大家多指教。

全体鼓掌欢迎杨水钰的加入。

37. 筑城 / 住宅小区 / 江海峰家 / 夜 内

江海峰吃完晚餐,正在看新闻联播,江浩东回来了。

江海峰 浩东,今天的销售情况如何?

江浩东 今天出了一件事,我们公司出口欧洲市场的一批高端民族服装,在海关质检时,出问题了,海关的检验报告是有质量问题,早上我去海关了解情况了,是我们公司内部出了问题,爸爸放心,我一定要查个水落石出。

江海峰 如果我们公司的产品打不出去,那就意味着,我们的海外市场会被赵氏集团所代替。

江浩东 也许这就是赵博的如意算盘。

江海峰 浩东，挑战来了！对了，上次和你说的那个活动准备得怎样了？

江浩东 爸爸，我正要和您说这事。真是天助我也，我那天在市场调研时看到一块绣片极其得好，便打听了主人，谁知是我的大学同学杨水钰的绣品。我今天已经把她聘请到了公司，让她带领设计部的同事共同完成这个活动。

江海峰 杨水钰？"百鸟衣"传人的女儿？真是巧。好，我们公司确实需要这样的人才，浩东，爸爸果然没有看错你！

38. 东明服装公司 / 小广场 / 日 外

一早，江浩东急急忙忙地向大楼走去。

江浩东在打电话 把李老贵（包装车间经理）叫来，我要进行"三堂会审"。

39. 东明服装公司 / 制作部 / 日 内

杨水钰带着设计部的几个同事正在和制作部的同事讨论着博览会活动的事情。

杨水钰 我带来了一些绣品，这些绣品的设计元素许多都来自百鸟衣，可以先给大家参考，这些都是精品，你们要好好消化。我们距离参加展览还有两个月，接下来我们要齐心协力，设计好作品，但是，要牺牲大家的休息时间，不知大家有没有意见？

同事甲 没有意见，我们对这次展览很有信心。我们愿意做得更好。

同事乙 水钰，我们都没有见过百鸟衣，百鸟衣真的很美吗？

杨水钰 可惜我们家的百鸟衣十年前就被盗了，否则，我就穿给你们看，让你们开开眼界。

同事丙 水钰，你一定记得百鸟衣的样子，你带着我们设计一款新潮的百鸟衣，如何？

杨水钰 这也许是思路。

杨水钰看到大家的拼搏精神、创新精神，再一次被感动。

40. 商务大厦 / 张梦馨办公室 / 日 内

张梦馨在给赵博打电话。

张梦馨 赵博，杨水钰到了筑城，现在已经到了东明公司上班，你是知道的吧！她正在帮助江浩东完成这次的展览的新产品设计，有了她的帮助，这次展览赵氏集团就输定了。

赵博 你的"情敌"来了，你这么恐惧？江浩东能请她去东明，我也可以让她来赵氏。

张梦馨 你真无聊，你是想让杨水钰投到你的怀抱，是吧？

赵博 我没有你说的那么坏，我最近在上海筹到一笔十万元的款，我还准备支持杨水钰发展苗绣呢！

张梦馨 黄鼠狼给鸡拜年，没安好心！

41. 上海 / 高级宾馆 / 日 内

赵博突然想起那天杨水钰给自己打电话没有接，他拿起电话给杨水钰打过去。

杨水钰 赵博，你终于回我电话了，我还以为你不理我了。

赵博　我听说你去东明公司上班了？

杨水钰　对啊，那天给你打电话就是想告诉你这个事情呢。

赵博　江浩东给了你什么好处？你要去东明。我翻倍给你，你来赵氏集团，和我们一起搞新产品设计参加展览会。

杨水钰一脸蒙地听着电话那端的声音，我没听错吧？赵博让我去他公司，还要给我好处。

杨水钰　你没发烧吧，赵博？你们公司门槛那么高，那么多人挤破脑袋想进都进不去，我一个农村姑娘，没有那个能力啊。

赵博　你想想吧！江浩东能给你的我加倍给你，不要错过。

杨水钰　但是，我什么都不能做。

赵博　你能做，因为你的大脑里有"百鸟衣"。

电话挂断后，杨水钰想，赵博也知道"百鸟衣"，他对"百鸟衣"感兴趣？这是为什么？她无法想透。

42. 筑城 / 道路 / 轿车 / 日 外

江海峰乘车前往市里去参加一次关于民族服装发展的研讨会。车载收音机播放着筑城经济广播电台的一些新闻，有一条新闻引起了他的高度重视。

播音员　筑城经济广播电台消息，据有关人士透露，十年前发生在水西县坪上乡的一桩苗族传世珍宝"百鸟衣"被盗案件侦破，盗贼已被警方绳之以法，有关情况还在进一步了解中。

江海峰听毕，拍手称好。

江海峰　好消息啊！十年了，"百鸟衣"回来了，看来，我还得去会会我的老朋友杨春生了。

江海峰给江浩东打电话，想告诉他这个好消息，但电话无人接听。

43. 坪上乡 / 杨春生家 / 日 内

王凤珍还在辛苦地绣着绣片，她的技艺高超，绣的"鸟"栩栩如生、美丽大气，几个妇女围着向她请教。

这时两位民警同志来到她家。

民警　王大娘啊，这是十年前你家被盗的"百鸟衣"，物归原主。

王凤珍捧着"百鸟衣"，老泪纵横。

44. 东明服装公司 / 办公室 / 日 内

李老贵来到江浩东的办公室，见江浩东一脸怒气，便规规矩矩地站立一旁。

江浩东转向李老贵。

江浩东　说说，怎么回事？

李老贵　没有问题，一切都是正常的。

江浩东　海关的报告说，十个箱子中有一个箱子的颜色有差异，不合格的衣服就出在这一箱，正常吗？

李老贵一听，恍然大悟。

【闪回】

李老贵在库房清点过期的包装箱，少了一个，但他没有在意，把这事放过去了。

【闪回结束】

李老贵　一定是有人偷了我们过期的包装箱。

江浩东　这还用你说，给我把这个人挖出来。

45. 筑城 / 餐厅 / 日 内

下班后，江浩东约杨水钰一起吃晚饭。

江浩东　水钰，来公司还习惯吗？展览的事情和大家商量得怎么样？

杨水钰　挺好的，同事们对我都很好，我们已经有了初步的计划，等到展览时，应该还可以展出好的作品。

江浩东一脸欣喜地看着杨水钰，眼前这个女孩太让他心动了，在吃饭前，他给杨水钰准备了一份礼物，作为好久不见的见面礼。

吃完饭，江浩东送杨水钰回到住所。

杨水钰回去后，拿着江浩东送给她的礼物，许多往事像潮水般涌上心头。

【闪回】

一组镜头：

镜头一　十年前的那个风雨之夜，江浩东帮助杨水钰把被打伤的父亲搀扶到家，李医生紧急治疗。江浩东父子走了，杨水钰深情地望着江浩东的背影。

镜头二　高考成绩下来了，杨水钰、江浩东、张梦馨、赵博成了大学同学。杨水钰、江浩东相交甚欢，引起了张梦馨和赵博的不满，因为张梦馨喜欢江浩东，而赵博又倾情于杨水钰，张梦馨、赵博联合做了许多恶作剧。

镜头三　江浩东、赵博大学毕业继续深造读了研究生，学习服装设计。张梦馨到法国留学读研。杨水钰返乡照顾双亲，并与母亲继续学习刺绣。

【闪回结束】

46. 东明服装公司 / 包装车间 / 日 内

东明服装公司纪委书记和李老贵在现场勘查。

纪委书记 李总，我有一个问题，调包者为什么不打开箱子换衣服，而要整箱换呢？

李老贵 我们公司的包装箱不易打开，若用强打开，必定会损坏包装箱。

纪委书记 那什么条件下可以实现整箱调包呢？

李老贵 出入无人之境。

纪委书记 查值班记录。

47. 东明服装公司 / 制作部 / 日 内

杨水钰和同事们在聚精会神地绣着手上的作品，杨水钰拿起手中的绣片，想起了往事。

【闪回】

王凤珍正在教八岁的杨水钰绣花。

杨水钰 妈妈，我们苗族女孩都要学绣花吗？

王凤珍 都要学，现在你学的是平针，是最基础的，将来你还要学线绣，难度更大了。妈妈还准备给你绣一件"百鸟衣"，让我们家的水钰出嫁时，美美的。

杨水钰用疑惑的眼光看着妈妈王凤珍。

杨水钰 出嫁？

王凤珍 是啊！水钰长大了就要出嫁。水钰，来，我们继续学绣花。

王凤珍拉着杨水钰的手，一针一针地绣起来。杨水钰认真专注的神情。

【闪回结束】

杨水钰心想，也不知道十年前被盗的"百鸟衣"到底去哪里了，"百鸟衣"这么宝贝的东西丢了，妈妈心里应该很痛吧。

杨水钰心想，大伙说的设计制作一件新潮的"百鸟衣"很有意义，也很有价值，我一定要把这件事做成做好，到展览的时候一定要惊艳全场。

48. 筑城 / 高级餐厅 / 日 内

江浩东提前预订了餐厅，上次海关的事后，江浩东答应要请张梦馨吃饭。

桌上摆放着精致的菜品和两杯红酒。

江浩东　梦馨，上次去海关多亏你帮忙，谢谢你。还好有你表哥帮忙，给我们线索，不然我都不知道公司内部会出这样的事，来，我敬你，谢谢。

张梦馨得意地看着江浩东。

张梦馨　浩东，你以为我帮你是要你说谢谢吗？那你太不了解我了，这么多年，我对你做的一切都是不需要回报的，你都看不到吗？你就对我没有一点好感吗？

江浩东　梦馨，你是个好女孩，是我配不上你。

张梦馨　哼，江浩东，这不过是你的借口罢了，什么配得上配不上，只怕是你心里另有他人吧！

江浩东　梦馨，你误会我了，来，难得坐在一起，我们开开心心吃饭。

张梦馨有气，拿起酒杯一口喝光了杯里的红酒。

49. 筑城 / 住宅小区 / 张梦馨家 / 夜 内

张梦馨打开门，鞋子一脱就躺在家里的沙发上，她想着下午和江浩东吃饭时，江浩东对她的冷漠，不禁哭了起来。

她又从家里的柜子里拿出一瓶酒，自己坐在地上喝了起来。

张梦馨（自言自语） 江浩东，你没良心，你不是喜欢她吗？我得不到的，她也别想得到，我们走着瞧。

50. 东明服装公司 / 纪委办公室 / 日 内

公司纪委书记正在找"调包人"谈话。

纪委书记 我们公司出口的那箱服装是你调的包？

调包人 我不做不行，如果我不做，他们就会断了我母亲的药，我母亲就会有生命危险。

纪委书记 他们是谁？

调包人 他们让我扛着，我不敢说。

51. 商务大厦 / 张梦馨办公室 / 日 内

张梦馨给江浩东的秘书李立打电话。

张梦馨 上次那件事怎么样了？他们查出来了吗？

李立 公司的纪委正在调查这事，我好怕，馨姐，那个人会不会供出我们啊？

张梦馨 瞧你多大的人了，这么胆小，才多大点事，天塌下来有我顶着，你继续观察他们的行动，有什么新消息随时联系我。对了，那个杨水钰你帮我盯紧点，一举一动都要告诉我。

　　李立　馨姐，有你这句话我就放心了。杨水钰来了，最近在忙着搞刺绣参加展览，我盯着的。

　　张梦馨　我倒要看看她怎么勾引江浩东！

52. 东明服装公司 / 设计部 / 夜 内

　　晚上10点了，只有设计部的灯还亮着，杨水钰和她的同事们还在专心地设计并绣着即将参加展览的作品。

　　江海峰和江浩东来到设计部，看到大家都在忙着，就没有和大家打招呼。他转悠了一圈，来到杨水钰面前，江海峰看着杨水钰手上绣的图案，看不出名堂，皱起了眉头。

　　江海峰　水钰，你绣的这是？

　　杨水钰　董事长好，我现在在绣的是我们苗族的稀有宝贝"百鸟衣"的领部，看不出来吗？

　　江海峰　真没看出来。

　　听到百鸟衣，江海峰这才想起，杨水钰就是杨春生的女儿。

　　江海峰　水钰，我看报纸，"百鸟衣"案不是破了吗？"百鸟衣"不是已经找回来了吗？你绣的是"百鸟衣"升级版吗？

　　杨水钰　董事长，您说的是十年前我家丢失的"百鸟衣"吗？真的破案了吗？

　　江海峰　是的，那天我给浩东打电话就是想让他告诉你"百鸟衣"的情况，我还准备改天和浩东去拜访你父母，恭喜他们呢。

　　杨水钰蒙了，喜从天降了？！

53. 东明服装公司 / 宿舍 / 夜 内

加完班回到宿舍，杨水钰想起江董事长说的"百鸟衣"找回来了，赶紧给妈妈打电话。

杨水钰　妈妈，您睡了吗？我听说"百鸟衣"找回来了，是真的吗？

王凤珍　是的，谢天谢地，"百鸟衣"找回来了。

杨水钰　太好了，妈妈，这样您也安心了，不然这个事一直堵在您心里，都无法释怀。那妈妈您早点休息，我在这里挺好的。

王凤珍　水钰，你别太辛苦，我听你说你要准备参加一个苗绣展览，妈妈别的也帮不上，刺绣是妈妈最擅长的，需要妈妈我可以随时来。你还记得我和你一起绣的"春早"吗？你走了后，妈妈坚持刺绣，绣完了妈妈给你带来。

杨水钰听到又开心又难受，说不出的感觉。

54. 东明服装公司 / 办公室 / 日 内

李立向江浩东汇报近期工作，突然手机响了，李立一看电话，便说有点事耽搁一下出了办公室，避开江浩东接电话。

电话里的人　李秘书，你让我换的那个箱子，听说让我们公司丢了海外市场，还损失了几百万美元，如果他们查到我头上，还不把我撕成碎片，怎么办吧？

李立　你不承认他们能拿你怎么样？你一定要扛住，否则给你妈治病的药就没有了。

电话里的人　我扛住，我扛住，你一定要保证我妈的药。

江浩东见李立神神秘秘的，心里产生了一丝怀疑。

55. 坪上乡 / 杨春生家 / 日 内

突然有人拎着一个包,走进杨春生的家,说这是十万元钱,要买杨春生家的"百鸟衣"。

56. 东明服装公司 / 设计部 / 日 内

设计人员正在讨论参加展览的服装的创意和构思,大家七嘴八舌,讲的都是理论,道理一大堆,不能解决实际问题。杨水钰说不出这么多道理,她只知道,设计的服装,大众要喜欢。

杨水钰　请你们安静一下,你们讲的都很有道理,但光讲道理不能解决问题,我来自苗乡,大家也支持做新潮"百鸟衣",我们要讨论的是,如何把苗家的刺绣元素融入进去,才能成就新潮"百鸟衣"？我这边还有一个老古董(百鸟衣),到时候我想展示一下,给全场一个惊喜。

大家不知道杨水钰在卖什么关子,但是对她的想法赞不绝口。

江浩东不知什么时候来到了设计部。

江浩东　杨水钰的建议很好,要认真听取。

57. 上海 / 高级宾馆 / 游泳池 / 日 外

赵博还在泳池里游泳,下面的人来报告。

赵博　东西拿到手了吗？

职员　拿到了,但出了一点麻烦。

赵博　什么问题？

职员　我们拿给有关专家鉴定，专家说，可能是一个仿制品。

赵博　活见鬼，什么时候冒出一个仿制品？回筑城，我要去见识见识这个仿制品。

58. 东明服装公司 / 会议室 / 日 内

江浩东召集各部门负责博览会的人正在开工作推进会，大家纷纷地说出现在的进展和情况。

设计部部长　我们的设计理念是"优秀民族传统、民族文化世代相传"。听了杨水钰的建议，我们用了中国红作为底色，嵌入苗族刺绣中"百鸟衣"的生动元素，加上银饰的点缀，展现"锦绣中华，百鸟争春"的美好画卷。

杨水钰　这次的活动紧紧围绕苗绣，我的想法是把我们苗族文化最精致的一面展现给大家，现在我们部门正在加班加点地绣着设计部提供的图，我有信心在下个月的博览会前把我们的作品全部绣完。

……　……

李立认真地记录。

江浩东向杨水钰投去鼓励的、火热的目光。

杨水钰腼腆地垂下了头，楚楚动人。

59. 东明服装公司 / 走廊 / 日 内

开完会，大家纷纷从会议室走出来，江浩东走在李立的后面，见李立没有回办公室，而是在鬼鬼祟祟地正准备给谁打电话，江浩东跟了上去，在一边听李立打电话。

李立　馨姐，给你汇报一个消息，刚才我们开完博览会的推进会，如你所说，那个杨水钰确实不简单，她信誓旦旦地要在苗族刺绣中融入什么"百鸟衣"元素，说会给大家一个惊喜。

张梦馨　哼，她想做就能做吗？还有一个月，我们有没有机会让她做不成？

李立　机会……馨姐，你说怎么才能让她做不成？

张梦馨　找她的软肋。

李立　她的软肋是设计图，没有图就什么事都做不了。不过，她每天晚上都会加班到很晚，早上又来得很早，不太好找到没人的时候。

张梦馨　她总会有不在的时候，你去给我拿到她的设计图。

李立　好。

这番对话被江浩东听到了。

60. 东明服装公司 / 江浩东办公室 / 日 内

江浩东回到办公室，内心极其不平静。也许是因为杨水钰的出现，打破了他生活的平静。另一边，李立的举动让他的心里很不踏实，和李立打电话的到底是谁？是什么关系？馨姐是谁？他百思不得其解，如果李立是公司内鬼，那就太可怕了。

江浩东努力回忆李立最近的举动和场景，他没有放过一个细节。

江浩东打电话给机要室，悄悄地在李立的办公室安装了录音机。

61. 上海飞筑城航班 / 飞机 / 日 内

赵博在飞机上浮想联翩，"百鸟衣"怎么会是仿制品呢？赵博以为当年他得到的消息很准确，绝对不会错，但是，哪里出了问题？

【闪回】

大学时代的赵博非常爱慕杨水钰,但是杨水钰对他又是爱理不理的,反而是杨水钰给了江浩东过多的热情,赵博便有被人瞧不起的感觉,久而久之,他想报复杨水钰。

某一天,杨水钰在给妈妈打电话,赵博偷听。

杨水钰　我们家要翻修房子……妈妈,你最担心什么?你制作的百鸟衣已经被盗了,你是不是担心祖上传下来的百鸟衣也会被盗?

赵博听了,冷笑一下。

【闪回结束】。

62. 坪上乡 / 杨春生家 / 日 内

王凤珍绣的两米长的"春早"很快就要完工了,几个妇女围着王凤珍赞不绝口。

妇女甲　凤珍姐的"春早"要是参加我们"苗年节"的刺绣比赛,一定会一炮打响,一举夺冠。

妇女乙　凤珍姐绣鸟真是一绝,我们县里无人能比了。

妇女丙　凤珍姐,你是苗绣的传承人,你要多教教我,不要保留啊。

王凤珍　要多练习,熟能生巧嘛。

这时杨春生回来了,众妇女离去。

王凤珍　赵氏集团买"百鸟衣"的钱付清了吗?

杨春生　到现在只付了两万,差八万呢!

王凤珍　这不是抢吗?我去筑城找他们。

63. 筑城 / 机场 / 出站口 / 日 外

赵博刚出机场，就接到张梦馨的电话。

赵博 梦馨，怎么了？我刚到筑城机场。

张梦馨 赵总，杨水钰正在为东明的博览会准备绣品，我听说她在准备什么新潮百鸟衣"百鸟争春"。我让那边正在给我拿她的设计图纸，我们要不要采取行动？

赵博一听"百鸟争春"，马上就想起来了仿制品"百鸟衣"，赵博心想她家有仿制品就应该有真品，真的"百鸟衣"可不能落在东明公司手里！

赵博 这还用说吗？你去办好！而且要不择手段战胜东明，具体怎么弄，不用我教你了吧？

张梦馨 明白。

64. 筑城 / 住宅小区 / 江海峰家 / 日 内

江海峰正在翻箱倒柜，寻找杨春生的电话号码。他想和杨春生联系，去一趟坪上乡，他惦记着"百鸟衣"。

江海峰 老朋友，还记得我吗？我是东明公司的江海峰，我听说十年前丢失的"百鸟衣"找回来了，为你们高兴啊，有时间我去拜访你们。

杨春生 江董事长，你好，你还记得我们，谢谢你！我爱人说下周我们要去筑城，如果有空，我们筑城见，谢谢董事长！

江海峰 好啊，好啊，来筑城，我给你们接风！

65. 东明服装公司 / 办公室 / 日 内

大清早，还没到上班时间，李立提前就来到了公司制作部，见没人，李立在制作部"打劫"了一番，终于找到了设计图纸。

李立慌慌张张地回到办公室，屁股都还没坐稳，就给张梦馨打电话。

李立 馨姐，杨水钰的设计图纸我拿到了，我们下午下班兰馨餐厅见。

张梦馨 好的，你的信息很重要，不过你还要继续关注，随时报告。给你一个飞吻！

录音机的磁盘在转动，李立的声音被记录下来。

66. 东明服装公司 / 制作部 / 日 内

杨水钰来上班，又开始一天的刺绣工作，她在到处翻找，好像在找什么东西。

杨水钰 王姐、杨姐、孟姐、李姐，你们有看到我的新潮百鸟衣"百鸟争春"设计图纸吗？

大家纷纷朝杨水钰看过来。

王姐 水钰，你昨天晚上加班不都还在用吗？你再好好找找，是不是放在哪里忘记了？

李姐 对啊，对啊，水钰，昨晚上你最晚走，今天又是第一个来，应该没人动你的图纸的。

杨水钰继续翻找着，还是没找到，她觉得不对劲，自己昨晚上用完了明明就压在绣品下面，怎么会不在呢？

杨水钰打电话给江浩东。

67. 东明服装公司 / 监控室 / 日 内

接到杨水钰电话的江浩东给监控室来电，让监控室调昨天晚上到今天早上的监控。

监控室　江总，昨晚上 12 点后有一个女孩离开就再没人进入制作部，但是今天早上 6 点 35 分到 6 点 50 分这个时间段断网了，没有记录，早上 7 点半昨晚上离开的那个女孩进入了。

江浩东　知道了。

68. 城市道路 / 轿车 / 日 外

江浩东神情紧张，好像心有所思，一只手靠着车窗，一只手握着方向盘，他在开车去公司的路上。

69. 东明服装公司 / 制作部 / 日 内

设计图找不到，焦头烂额的杨水钰走来走去，刚走到大门口，就看见江浩东直挺挺地站在自己的前面，杨水钰从来就不觉得江浩东高大，但这一刻她似乎感受到了。

江浩东　水钰，还是没找到吗？你别急，给我点时间，我一定会查出来是谁干的。

杨水钰点点头。

江浩东　你先去办公室冷静一会儿，相信我会处理好的。

70. 东明服装公司 / 江浩东办公室 / 日 内

回到办公室的江浩东仔细地推敲着，怎么会那么蹊跷呢？

他把李立叫过来，让李立去查一下这事，李立一听，神情变得紧张起来，说话也支支吾吾的。江浩东察觉到李立不对劲，又想起之前李立打电话，他心里已有判断。

71. 商务大厦 / 赵博办公室 / 日 内

这是一个高档次的办公室，家具和摆设都很洋气奢华，赵博和张梦馨在讨论着。

赵博 张总设计师，你是喝洋墨水的，你说说博览会这个项目，我们怎么才能赢过东明？

张梦馨 我是学欧洲服装设计的，这个项目不适合我，要说办法我有，如果你能把杨水钰抢过来，我们就有胜算。对了，那边已经给我拿到杨水钰的设计图了。

这时一名手下进来。

手下 杨春生和王凤珍打电话来了，说要到公司来讨债。

赵博心想，来讨债？我还想追究你们作假，这不是送上门的人吗？赵博突然喜上眉梢。

赵博 好好款待。到筑城没有？我亲自为他们接风。

72. 东明服装公司 / 机要室 / 日 内

江浩东来到机要室，找到了李立办公室的录音磁带，江浩东震惊了，原来自己身边真的养了一个内鬼！

他准备晚上去兰馨餐厅，看看李立口中的"馨姐"到底是谁。

73. 筑城 / 兰馨餐厅 / 夜 内

李立　馨姐，你要的设计图我已经带出来了，我可是冒着危险拿到的，承诺给我的钱你准备好了吗？

张梦馨　放心，不会亏待你的，这事干得不错！

李立　馨姐，上次调包那个事还不知道现在他们查出来没有，我又把设计图拿了，要是被查出来我就完蛋了。

张梦馨　你这么细心的人，他们不会查出来的。

李立　我早上去拿设计图的时候，把公司的网给断了，放心吧！监控我也撤了。

两人举杯庆祝，正在这时，江浩东匆匆走了过来，把磁带砸在餐桌上。

张梦馨和李立神情大变，张梦馨不敢正视江浩东。

江浩东　李立啊李立，你怎么能干出这种事情？调包也是你做的，今天又偷了设计图，你到底想干吗？

李立见证据确凿，没法否认。

李立　是，是我，我也是没办法，因为我需要钱。

江浩东无语地看着李立，又转向张梦馨。

江浩东　原来她口中的馨姐是你！没想到啊，张梦馨，这一切都是你指使她做的，你为什么要这么做？

张梦馨从来没有见过江浩东发这么大的火，把她吓住了。

张梦馨哭着，想拉着江浩东。

张梦馨　浩东，你听我解释，我不是故意的，你听我解释。

江浩东甩开张梦馨的手，又看了一眼她俩，走了出去。

74. 筑城 / 酒吧 / 夜 内

江浩东给杨水钰打电话，让杨水钰出来陪他喝两杯。

江浩东　水钰，我太难受了，我最信任的下属欺骗我，连张梦馨也背叛我，我还能相信谁？

杨水钰　张梦馨？我们的同学张梦馨？

江浩东　是，就是她，她从国外回来，现在在赵氏集团当总设计师，她指使人调包公司出口的货，还让李立偷了你的设计图。

杨水钰　浩东，你确定是她做的吗？会不会她有什么苦衷啊？

江浩东　我不知道她背后是不是还有人，但是现在就是她在指使李立。

江浩东一杯又一杯，杨水钰安慰着他，两人相拥在一起。

75. 东明服装公司 / 监控室 / 日 内

江浩东再次来到监控室查看上一次调包的事情，他在电脑上一看作案人的照片，便觉得面熟，好像是赵氏集团的一名职工。

江浩东　应该就是赵氏集团干的了。

76. 通往筑城的道路 / 长途汽车 / 日 内

杨春生和王凤珍坐在长途汽车上,杨春生昏昏欲睡,王凤珍却很清醒。被赵氏集团收购的"百鸟衣"是她绣给杨水钰的嫁衣,而真正的"百鸟衣"一直没有露面,这个秘密只有她知道。

杨春生突然醒来,看着发呆的妻子王凤珍,杨春生说出了憋在心里多年的话。

杨春生　凤珍,你是不是有什么事瞒着我?

王凤珍　这你也看出来了?我真是小瞧你了。

这时汽车到站,杨春生往窗外一看,有人举着牌子接他们。

杨春生　凤珍,你看,水钰来接我们了。

王凤珍　水钰知道我们来筑城吗?

77. 筑城 / 高级饭店 / 日 内

赵博请杨春生夫妇吃饭,杨春生还不知道是怎么回事,一头雾水。

赵博　杨叔叔好!你不认识我吧!我是杨水钰的同学,是赵氏集团的董事长,也是"百鸟衣"的买主。

杨春生　好啊!我终于找到债主了。

赵博　我不是债主,钱不是问题,但是,杨叔叔,你不诚信,你卖给我的"百鸟衣"是仿制品。我问你,真正的"百鸟衣"在哪里?你若是不说实话,你们俩就出不了这个门!

门被猛地推开了,江海峰、江浩东、杨水钰出现在门口,杨水钰见着妈妈,扑到妈妈怀里,伤心地哭了。

杨春生　我卖给你的"百鸟衣"是我爱人一针一线绣的，她模仿谁了？

　　赵博被噎住了，一下进入僵局。

　　江浩东　我的情报工作不比你差。

　　【闪回】

　　杨春生在车上意识到接他的人不对劲，刚到饭店，就用手机给江海峰发了一条信息，让江海峰来解围。

　　【闪回结束】

　　江海峰　买卖公平，赵博，你为何苦苦相逼！你买的是杨水钰妈妈一针一线绣的，是杨水钰妈妈的作品，怎么会是仿制品呢？

　　江浩东给赵博出示了一张照片。

　　江浩东　赵博，这是你的手下吧？他给我们出口的产品调了包。

　　赵博看到照片无言以对，全场陷入尴尬。

78. 筑城 / 宾馆 / 日 内

　　杨春生一家在筑城团聚了，杨春生显得心事重重的。

　　杨春生　凤珍，你说实话，我们家是不是还有祖传的"百鸟衣"？

　　杨水钰也睁大眼睛询问母亲。

　　王凤珍说出真相。

　　王凤珍　水钰，十年前，我给你打了一个电话，差一点引来杀身之祸，我们家是有一件古老的"百鸟衣"，古老到什么程度呢？也许百年以上了。

　　【闪回】

　　王凤珍拿着一件古老的"百鸟衣"细细观察，然后用纸把图案描了下来，一张又一张……地面上堆起了一大堆的手稿。

　　王凤珍一针又一针地绣着。

有一天，王凤珍把杨水梦叫来了。

杨水梦　姑姑，我找到一个山洞，很安全。我会经常去查看的，你放心好了。

王凤珍用油纸一层一层地把"百鸟衣"包裹着……

【闪回结束】

王凤珍　水钰，妈妈准备把百鸟衣捐给"苗族博物馆"，放在博物馆里安全，就没有人惦记了。这次来给你带来了"春早"图，加上你现在绣的百鸟，正好符合你们的"百鸟争春"。

杨水钰欣慰地接过妈妈的绣品。

79. 筑城 / 商场 / 日 内

周末休息，江浩东约了杨水钰逛商场，最近发生的事情太多了，江浩东也想放松一下。

杨水钰　张梦馨真的要走？

江浩东　她告诉我，她在这里待不下去了，她要去法国读博士，希望她一边学知识，一边修炼人品吧。

杨水钰　品行正，步子稳，行稳才能致远啊！

江浩东　水钰，还有几天就是博览会了，你也放轻松，我看了你们设计的"百鸟衣"，真是太好了！我们一定会在这次博览会上赢得所有人的关注的。

杨水钰　真的吗？

两人望向彼此，牵起了对方的手。

80. 筑城 / 小饭馆 / 日 内

杨水钰正在陪爸爸、妈妈吃午饭。午饭后,杨水梦就要来接他们俩回坪上乡了,杨水钰心里实在过意不去。

杨水钰 妈,等我参加完博览会,就回家看你和爸爸。

这时赵博带着他的手下将"百鸟衣"送了回来。

赵博 水钰,我对不起你!我将功补过,这是你妈妈给你绣的嫁妆"百鸟衣",我现在物归原主。

杨水钰 谢谢你的好意,赵博,好好做人,好好做事。

81. 筑城 / 博览会现场 / 日 内

"中国银饰刺绣博览会"活动正在布置现场,各个部门的工作人员都在来回走动忙碌着布置。

东明服装公司也在忙碌着给他们的模特试穿今天带来的惊艳服装,化妆的化妆,试穿的试穿。

江浩东看见远处的赵博,赵博一副不自信的表情,江浩东主动和赵博打招呼。

江浩东 老同学,你们的准备好了吗?

赵博 玩不下去了,我准备退出江湖了,我们集团放弃参加,我今天是来给你和水钰打气加油的。

江浩东 你啊!言不由衷。

活动正式开始了,现场的气氛好极了,台下坐着许多观众,掌声一直不断,各家的模特都在展示着作品,轮到东明服装公司了。

现在出场的是东明服装公司，他们的设计理念是"锦绣中华，百鸟争春"，随着新潮"百鸟衣"演出服的绚丽登场，红红的海洋，优美的苗绣在舞台上熠熠生辉，现场彻底沸腾了，惊艳了全场。

最后活动结束，东明服装公司凭借新潮"百鸟衣"拿下了此次博览会的冠军，杨水钰也一举成名。

82. 筑城 / 博览会现场 / 日 内

杨水钰获得设计奖，她上台领奖。第一次站在如此大的舞台上，杨水钰很淡定，没有一丝紧张和怯场，面对眼前几十家媒体的采访，她侃侃而谈，讲述了她一路的经历和此次创作的灵感。

杨水钰登上了《筑城日报》头条。

83. 机场 / 候机厅 / 日 内

张梦馨就要走了，她频频回头，就是希望江浩东出现。果然，江浩东、杨水钰、赵博出现了，张梦馨揉揉眼睛，江浩东、杨水钰、赵博又消失了。原来是幻觉，张梦馨不舍地向登机口走去……

84. 东明服装公司 / 办公室 / 日 内

刚走进办公室的杨水钰，再一次被大家鼓掌祝贺。大家纷纷说："水钰，你太棒了，这次的博览会多亏有你，江董和江总的眼光就是好啊。"

杨水钰鞠躬谢谢大家，她也没有想到会如此成功，杨水钰回到自己的座位上，手机响了。

电话那端 请问是杨水钰小姐吗？我这边是兴盛集团，我们昨天看了你的作品展出，特别欣赏你的才华，我们想与你合作，你有意向吗？

就这样，杨水钰的手机不停地响，她接了十几个类似的电话。

85. 筑城 / 餐厅 / 夜 内

江浩东和杨水钰共进晚餐，庆祝博览会展出成功。

江浩东 恭喜你，水钰，我就说你一定行，这次的展出多亏有你，你现在可是大名人了，期待你有更好的作品。

杨水钰 浩东，别人这样说，你也跟着取笑我，我不过是运气好，恰好这次的活动遇上我的特长，加上毕业后就回乡和我妈一起学刺绣，这么几年的历练还是没有白费的。我才要谢谢你，浩东，是你给了我展现的机会。

江浩东 水钰，我突然萌生了一个想法，既然大家这么喜欢你的作品，你想不想多出点作品，创立一个自己的品牌？我第一个支持你。

杨水钰 浩东，我已经有了新打算了。

江浩东看着杨水钰坚定的眼神，猜不透杨水钰的心思。

【字幕】一个月以后

86. 坪上乡 / 杨水钰家 / 夜 内

杨水钰站在家里，听着窗外淅淅沥沥的雨声，想到一个月前江浩东和她说的创立品牌的事。

手机响了，是江浩东。

江浩东 水钰，给你说个好消息，我一个月前和你说的想让你创立一个属于自己的品牌，在你回家的这些天，我已经申请注册下来了，你是苗族，所以我以"苗"字的拼音申请了"MIAO"品牌，现在注册成功了！

杨水钰听着，开心感动地哭了出来。

杨水钰　浩东，你为什么对我这么好，我要怎么做才能谢谢你？

江浩东　无须感谢。

杨水钰听了很茫然。

杨水钰　好好说话，口是心非，我怎么相信！

江浩东　好了，好了，那就见面再说真话吧。

87. 筑城 / 商标局 / 日 外

江浩东拿到 MIAO 品牌商标的备案表，从商标局走出来。

远处，杨水钰看着天空笑了，感觉世界都变得美好了，她暗暗发誓，一定要再创辉煌。

88. 坪上村 / 工作室 / 日 内

自从 MIAO 品牌拿下后，杨水钰每日都在工作室专心刺绣，还收了许多爱好刺绣的学徒，作品也越来越多。她还经常受邀参加国际贸易交易会等大型活动。为了让更多的人知道苗绣，传承苗族文化，杨水钰紧跟网络发展，开启了直播带货，创下了一天的带货量 7000 件的惊人数据。人们的需求越来越大，对工作人员的要求也越来越高，杨水钰的工作室从几个人发展成拥有上千名员工的大公司。这一路都得感谢江浩东的相助。

【字幕】

2022 年年初，通过杨水钰的努力，她被提名为国家级非物质文化遗产代表性项目苗绣的传承人。习近平总书记到贵州考察时指出，特色苗绣既传统又时尚，既是文化又是产业。总书记的讲话为杨水钰的产业发展指明了方向，杨水钰决定为之不懈努力奋斗。

全剧终

荣　耀

编剧：曾　羽　高玉朋

故事大纲

故事讲述了石旮旯村的人们，凭借纯良朴实的乡村特色，众人齐聚一心，脚踏实地地致力于实现乡村脱贫，最终得到沿海大城市企业家的认可，在石旮旯地区建设锂电材料产业基地。在乡村振兴的道路上，源源不断的人加入其中，并献身其中。他们投身于中华民族伟大复兴的事业，落实实现乡村全面脱贫的目标。本剧本充分体现了石旮旯村人们心醇气和的品质、有的放矢的拼搏精神，他们把苗族特有的传统技艺、国家级非物质文化遗产蜡染进一步推出大山，推向世界。本剧本以小见大，通过描绘石旮旯村人们的所作所为，展现了贫困山区的人们不忘初心，牢记使命，坚定不移地推动乡村脱贫振兴事业的发展。

人物表

主要人物：

李永胜　男，35 岁，退役军人，秀水市崇山县高山镇石旮旯村党支部书记。

王　莹　女，35 岁，退役军人，秀水市市委宣传部干部，被组织派往石旮旯村任驻村第一书记。

阿　贵　男，55 岁，石旮旯村人，村委会主任。

高　锟　男，41 岁，市委书记。

朱三娃　男，45 岁，石旮旯村人，退役军人村委会成员。

江　虹　女，32 岁，秀水市派驻石旮旯村精准识别工作组组长。

穆欢欢　女，28 岁，秀水市派驻石旮旯村精准识别工作组成员。

老　焉　男，35 岁，石旮旯村人，村委会成员。

小山猫　男，32 岁，石旮旯村人，退役军人。

腊梅花　女，28 岁，石旮旯村人，蜡染能手。

路大海　男，40 岁，大学教授，江虹爱人。

张　总　男，56 岁，发达省区企业老总。

剧 本

1. 秀水市 / 汽车交易市场 / 日 外

小山猫 2021年是牛气冲天的一年，我们的包包鼓起来了，我对腊梅花夸下海口，不买一辆小轿车给她，就不娶她。今天，为了把腊梅花娶回家，我要去兑现承诺了！

汽车交易市场熙熙攘攘，看车的人不少，预示着开年后汽车市场的兴旺。小山猫走到某品牌汽车售卖场，仔细地观察一辆汽车，觉得还算满意。

销售员 这位先生是要买车吗？需要我给您介绍介绍吗？

小山猫应对不了这种场面。

小山猫 是要买车，但是，我要让我永胜哥来做主，我看得六神无主了！请老首长来帮忙。

说完，小山猫拿出手机，拨通了李永胜的电话。

2. 秀水市 / 市委大楼 / 日 外

李永胜刚走出市委大楼，电话响了，李永胜一看是小山猫打来的。

小山猫（电话中） 永胜哥，我正在永盛汽车行看车，我都看得眼花缭乱了，你来帮我看看，给我做个主。

李永胜 我哪有时间陪你买车，市委书记刚和我谈话，我们村要做大买卖了，我急着回去。

小山猫（电话中） 永胜哥，买车不耽误事，我用新车送你回石旮旯。

3. 石旮旯村 / 小学 / 日 外

孩子们在学校的小广场上蹦蹦跳跳，看得出，脱贫攻坚取得决定性胜利后，校园环境得到极大改善，呈现出崭新的面貌。

办公室里，腊梅花闷闷不乐，江虹的死对她的刺激太大，几个月来，她一直在悲痛中，眼睛紧紧盯着《妈妈，我好想你》——穗穗（江虹女儿）的绘画作品。

腊梅花的手机响了，打开一看，是小山猫打来的。

手机里还发来一张照片，是李永胜和小山猫，开着新车。

腊梅花对着手机不客气地说。

腊梅花　小山猫，我给你开句玩笑，你还当真了，真去买车了，处处都要用钱，你要把钱用在刀刃上。

电话那头传来小山猫自信的声音　钱还可以赚，我是退役军人，军人就不能失信于老百姓！

4. 道路 / 汽车 / 日 内

新车在道路上奔驰，小山猫驾着车，脸上露出得意的神色。

李永胜　小山猫，别得意了，退伍都两年了，还在外面瞎晃荡，回村来，和我一起干。

小山猫　回村能赚钱吗？能赚钱当然回来。

李永胜　当然能，经过脱贫攻坚我们村变化可大了，我们开始富起来了，大项目接踵而来，有你施展手脚的天地。

小山猫　哈哈，永胜哥当年也是这么被"忽悠"的，现在是要我重走你的老路了吧!

这时,李永胜的手机收到一条信息,小山猫的父亲唐顺风和村干部朱三娃闹起来了。

5. 石旮旯村 / 小村寨 / 日 外

小山猫的父亲唐顺风是远近有名的建筑能手,脱贫攻坚期间带着石旮旯"砖瓦匠建筑工程队"做了许多建筑工程,为石旮旯村脱贫攻坚立下了汗马功劳。

这天,唐顺风正带着一个施工队帮老焉家挖地基,老焉家过去穷得叮当响,住着破房子,这不,刚下决心修一处新宅。谁知,刚挖开不久,就冒水了,水还不小,冒水不说,断了朱三娃家的水源,朱三娃找上门来,说挖断了他家的龙脉。

这下热闹了,两边的人吵成一锅粥,矛盾一触即发……

6. 石旮旯村 / 小学 / 日 外

驻村第一书记王萤急匆匆地走进腊梅花的办公室,人未进声先到。

王萤　梅花,快来看,看我给你带来什么好消息了!

王萤来了,腊梅花做出了热情姿态。

腊梅花　王萤姐,什么好消息啊?

王萤　梅花,你的作品《妈妈,我好想你》入围全国蜡染工艺品大赛了,恭喜你啊!

腊梅花　是真的吗?我真不敢相信!

王萤　梅花,只要我们村的蜡染作品有更大的影响力,我们就会赢得更大的市场,我们的发展前程就会更广阔,乡村振兴就会有更大的希望,加油!

这时，王莹的手机收到一条短信，李永胜发来的："王莹书记，唐顺风挖房基与朱三娃闹出矛盾，快去处理，我尽快赶回，永胜。"

王莹　梅花，走，你未来的公公与朱三娃闹起来了！

7. 公路 / 猴头崖 / 日 外

小山猫心急，驾着车急驶，李永胜突然大喊一声"停车"。小山猫明白，猴头崖到了，每次经过猴头崖，李永胜就会怀念他的战友冯第一，就会停下车来看看战友。

【闪回】

猴头崖是阻碍石旮旯村公路建设的最大障碍，李永胜组织了退役军人突击队担任爆破任务，"石旮旯村退役军人爆破突击队"的旗帜随风飘扬，十几位退役军人整齐排列，军容整齐。

冯第一　报告永胜书记，突击队集合完毕，请指示！

李永胜　同志们，我们是退役军人，我们退伍不褪色，猴头崖是我们修通石旮旯公路的拦路虎，我们应该怎么办？

众人　炸掉它！

李永胜　对，炸掉它，打通我们石旮旯村的致富路！用胜利来彰显我们军人的荣耀！

"轰""轰"，猴头崖炸开了，但是冯第一牺牲了……

【闪回结束】

李永胜眼里含着泪花，多好的战友啊！今天石旮旯村能脱贫，离不开这些烈士的热血。

李永胜的手机收到一张图片，唐顺风和朱三娃动手了。

李永胜　快，开车，老虎不在家，猴子闹翻天了！

8. 石旮旯村 / 民宅区 / 日 外

人们吵吵嚷嚷乱作一团，围观的人不少。

唐顺风　朱三娃，你是村干部你不要耍横，凭什么说是我们挖断了你家的龙脉？

朱三娃　凭我的拳头！

朱三娃很不冷静，出拳又快又狠，不料这一拳没有打在唐顺风身上，却打在了前来劝架的王萤身上，王萤承受不住这么重的拳，摔倒在地上，头破皮了，流出了血……

朱三娃傻眼了。

这一幕被赶来的李永胜看见了，李永胜愤怒到了极点。

李永胜　朱三娃，亏你还是男人，还是村干部，没有王法了，敢打人了，"三大纪律，八项注意"不要了？我要处分你！

9. 通往高山镇的公路 / 汽车 / 日 内

小山猫驾着车，李永胜坐在副驾驶座上，王萤和腊梅花坐在后排，王萤靠在腊梅花身上，她还在昏迷着。另一辆车上坐着朱三娃、唐顺风等人，唐顺风狠狠地瞪了朱三娃一眼。

腊梅花　王萤姐，你醒醒，千万不要睡着了。小山猫，你开快一点，我们村已经牺牲了江虹姐，王萤姐千万不能有三长两短啊！

李永胜　梅花，小山猫买这车派上用场了。

腊梅花　是啊，当初如果有一辆车，江虹姐也不至于走得这么快！

10. 石旮旯村 / 江虹住宅 / 日 内

【闪回】

江虹正在细细地看女儿穗穗的画作《妈妈，我好想你》。

腊梅花风风火火地跑来见江虹。

腊梅花 江虹姐，你看，我们石旮旯村妇女蜡染联合会与市蜡染手工艺品协会签订了 2000 幅蜡染作品的合同，我好高兴！

江虹 祝贺你啊！我们的蜡染联合会就像你这朵梅花，越办越鲜艳了。

腊梅花 姐，你看的这幅图真好，特有意境。

江虹 我女儿画的，她想我，我也想她。

腊梅花 可不可能做成一幅蜡染作品？

江虹信任地、感谢地点点头。

【闪回结束】

11. 石旮旯村 / 小学 / 作坊 / 夜 内

【闪回】

腊梅花精心地绘制《妈妈，我好想你》，小山猫用手机的手电筒给腊梅花掌灯，腊梅花感激的眼神……

腊梅花画上最后一笔，脸上露出得意的表情，这是她最珍爱的作品。

【闪回结束】

12. 石旮旯村 / 江虹住宅 / 日 内

【闪回】

江虹正在办公桌前进行紧张的数据统计，由于统计工作量大，她已经奋战了几昼夜。

腊梅花等人推门而入。

腊梅花　江虹姐，你快看，《妈妈，我好想你》大功告成，请你欣赏，多提宝贵意见！

听到腊梅花的话，江虹非常激动，突然一下子站了起来，然后，她站不住，猛地坐在椅子上，脸色苍白，但面带微笑，见状，腊梅花大叫。

腊梅花　来人啊！江虹姐晕倒了！

突然出现的李永胜很有经验，从江虹的手包里找到了"速效救心丸"，王萤、腊梅花给江虹服下。

李永胜　小山猫，快去叫车。

小山猫冲出房屋，在空旷的屋前大喊。

小山猫　哪里有车？哪家有车？快来救人，快来救命！

【闪回结束】

13. 崇山县 / 殡仪馆 / 日 内

【闪回】

"脱贫攻坚英雄辈出世人崇敬　壮志未酬人生楷模为民示范"。

人们前来为牺牲在脱贫攻坚一线的英雄江虹送别，他们给江虹献上菊花，寄托着哀思。

穗穗双手捧着蜡染作品《妈妈，我好想你》来到江虹遗像前，穗穗三鞠躬，把《妈妈，我好想你》送到江虹遗像前，她多么希望妈妈能够睁开眼睛，看看女儿的作品。

穗穗泣不成声，紧紧抱住穗穗的腊梅花也泣不成声。

【闪回结束】

14. 高山镇／医院／病房／日 内

经过治疗，王莹已经无大碍，只是有轻微的脑震荡，医生要求王莹卧床两天，好好休息。

李永胜依然保持着军人雷厉风行的作风，他把村党支部委员会会议安排到病房来开，他要及时传达市委书记高锟对石旮旯村乡村振兴工作的指示精神。

村主任阿贵、支委成员腊梅花和驻村干部穆欢欢来了，还缺李永胜和朱三娃，王莹纳闷了，一向守时的李永胜今天怎么迟到了？

村主任阿贵和驻村干部穆欢欢是一对"顶牛"。

阿贵（阴阳怪气地） 腊梅花，永胜书记现在有"专车"了，应该准时到会才对啊！

不等腊梅花开口，穆欢欢就顶上了。

穆欢欢 阿贵村主任，平时就你不守时，是不是不服气永胜书记的批评，找碴报复？小山猫买了一辆车，是为腊梅花姐姐服务的，怎么会成为永胜书记的专车？我可不信！

这时室外传来汽车喇叭声，阿贵走近窗户一看，李永胜从小山猫的车上下来，后面跟着朱三娃。

阿贵 欢欢，你来看，事实就摆在你的眼前！

15. 高山镇 / 医院 / 病房 / 日 内

王萤很严肃地对李永胜说。

王萤　永胜书记，你为什么迟到？你平时都说村干部要遵守纪律，做好带头人，你就给大伙说说你这个带头人是怎么当的？

李永胜　我？

【闪回】

李永胜刚从家里出来，就遇见了朱三娃。

李永胜　三娃，今天开党支部委员会会议，你要做深刻检讨，你这一拳打下去，打倒的不仅是王萤书记，还是我们的干群关系，我们村要走上乡村振兴的光明大道，还得老百姓支持，解放战争时期的"三大战役"没有老百姓支持能打胜仗吗？革命军人的光荣传统你可别忘了，退伍不褪色！

朱三娃　我打人了，我去认错！你不要唠唠叨叨的烦人。

突然路边的一处民宅传来痛苦的呻吟声，李永胜和朱三娃进屋一看，一个老人趴在床上呻吟，家里没有其他人，李永胜背起老人往外走。

李永胜　三娃，打电话叫小山猫，如果我们村的卫生室处理不了，就要送到镇医院，需要小山猫帮忙！

【闪回结束】

王萤　还真是无巧不成书。

穆欢欢　阿贵村长，事情说清楚了，是你小心眼了吧！

16. 石旮旯村 / 居民区 / 日 外

唐顺风正在领着施工队的人员查找断水的原因，施工技术员终于找到了被泥沙堵塞的进水口，把泥沙刨开后，水顺利地流了下去。

唐顺风　小问题一桩，朱三娃用得着大吵大闹吗？什么挖断龙脉，胡扯！

这时，唐顺风的手机收到一条微信。

李永胜（微信）　通往朱三娃家的水恢复了吗？

唐顺风（微信）　他不给我道歉，我就让他断了龙脉！

李永胜（微信）　我正在批评他，你不要固执……

17. 高山镇 / 医院 / 病房 / 日　内

石旮旯村党支部委员会会议正在进行，李永胜在传达有关会议的精神。

李永胜　习近平总书记强调指出，脱贫摘帽不是终点，而是新生活、新奋斗的起点。脱贫后，要持续推进乡村振兴，加快推进农业农村现代化。我们讨论一下，我们村怎样持续推进乡村振兴，怎么加快推进农业农村现代化。

穆欢欢　我建议，先开展乡村振兴有关理论和知识的学习，什么是"乡村振兴"都没有弄清楚，怎么干？

阿贵　振不振兴，关键是找不找得到钱，有了钱，怎么振兴都好办！钱是基础，学不学都是这样！

王莹　我们能否搞一个"石旮旯村乡村振兴五年规划"？要有计划地建设，不能盲目瞎抓。

李永胜　高锟书记要我们建设示范村，要"示范"就必须有规划，这个"示范"的文章不好作啊！大家一定要多出主意，多想办法。

18. 石旮旯村 / 村口 / 田地 / 日 外

一个技术员模样的人，戴着一顶草帽，正在取土样。一个老农走了过来，技术员（路大海）和他唠上了。

路大海　老乡，这地原来是种什么的？怎么给荒上了，变成了一个荒坡？

老乡　这块地的西头，有一个天然大水塘，村干部们就想把水塘和这块地连起来，搞成旅游景区，谁知这块地不争气，连草都不长。哦，对了，五六年前这里原本是一个茶山，后来茶也长不好，土壤贫瘠啊，唉！

路大海　种茶的时候，打农药了吗？

老乡　我们这里种什么不打农药？

路大海　哦，难怪……

19. 高山镇 / 医院 / 病房 / 日 内

党支部委员会会议还在进行。

王莹　要做的事很多，我们还得立足实际，立足乡情，一件事一件事地做好。梅花，蜡染产业带来的效益很可观，要抓实、抓细，出精品，出效益。唐顺风想搞民族建筑一条街，我觉得可以，将来我们村旅游发展这一项不可缺。农业现代化阿贵要多用心，永胜抓好规划。我们石旮旯村不能盲目发展了，永胜你说呢？

李永胜　王莹书记说的对，散会后，大家分头落实。

朱三娃　我做什么呢？

李永胜　你写检查！你是我们整顿村干部作风的典型！

20. 秀水市 / 市委大楼 / 办公室 / 日 内

高锟书记正在接待沿海大城市来的企业家。

高锟 张总这次带来什么好项目？如果要在我们秀水市落户，我们一定搞好服务。

张总 你们市有一个石旮旯村？有一个李永胜吗？

高锟 有啊！你们认识？

张总 他是我儿子的战友，我儿子总惦记他。

高锟 想去看看他吗？他可是我们市远近闻名的"兵支书"，他们正准备建设乡村振兴示范村，你能帮他们一把最好！

21. 高山镇 / 医院 / 日 外

医院的树荫道上，李永胜和王萤一边走一边说着话。

李永胜 王萤书记，别走了，时间都被你走光了。你聪明，有智慧，你说，我们该怎么干才能干出"示范"？

王萤 急了？省委要求我们贯彻落实好习近平总书记视察贵州的重要讲话精神，围绕"四新"主攻"四化"，我们村可以搞一个"四个一工程"，这就是：一座工厂，一条民俗街，一片经济作物，一种旅游产品，怎么样？

李永胜 我感觉后三项好像容易一点，第一项基本没有可能，一座工厂，做不到，做不到！

王萤 要做好，哪项都不容易！怎么啦？永胜连长敢打敢拼、勇往直前、敢担当、敢作为的精神哪去了？

李永胜 你这四项可不是用精神能解决的！

王莹 事在人为，我们必须努力，必须奋斗，必须打胜，打胜了，就是我们退役军人的荣耀！

22. 公路 / 汽车 / 日 内

一辆小轿车向着石旮旯村驶去。

张总兴致勃勃地观赏路边的风景，张总向高锟书记申请了一个向导去石旮旯村。他说他这次来没有带任何任务，没有任何项目，只想去看看李永胜——这个脱贫攻坚的全国先进个人，去看看石旮旯村是怎么脱贫的。当然，他更关心石旮旯村怎么振兴。

23. 秀水市 / 街道 / 日 外

小山猫驾着车，腊梅花坐在副驾驶位上，手机的导航播报着道路信息，腊梅花露出着急的神色。

腊梅花 小山猫，你能不能快一点，平时总吹自己驾驶技术高超，关键时候，就像老牛拉破车。

小山猫 你以为这是我们那大山里，在空旷的田野里，想怎么开就怎么开？你看看这路况，稍不留神……

小山猫突然一个急刹车，腊梅花向前一扑，手机掉地上了，原来是一个小孩扶着一个老人过马路，看着这情形，腊梅花的火不能冲老人发，她冲着小山猫发。

腊梅花 我这是新手机，摔坏了你一定要赔。

小山猫 你的生日马上就要到了，我给你买一部新的，怎么样？

小山猫说着说着用手拉住了腊梅花的手，腊梅花甩掉了小山猫的手。

腊梅花　好好开车,马上就要下班了,耽误了送作品,这个责任你可负不起。

24. 石旮旯村 / 地头 / 日 外

　　路大海问老农。

　　路大海　你们村还有没有什么庄稼都没有种过的土地?我叫它"原生态土壤"。

　　老农　有,老鹰口附近有一片坡地,原本是用来放牛放羊的,只是种了一些草,你可以去看看。

　　路大海在地图上标注了老鹰口的位置,老农又说。

　　老农　老鹰口山高坡陡,路又不好走,路同志路上注意安全。

　　路大海感激地看着老农……

25. 石旮旯村 / 村委会办公室 / 日 内

　　李永胜、王莹、穆欢欢刚走进办公室,李永胜的手机响了,李永胜一看是高锟书记的秘书打来的,李永胜接听电话。

　　李永胜　什么?宁波一个企业家专程来拜访我?

　　挂了电话,李永胜望着王莹,心想,难道天上真的掉馅饼了?

26. 秀水市 / 办公室 / 日 外

　　小山猫把车驶到楼前,停好车,和腊梅花一起走到一个挂有"秀水市蜡染艺术中心"牌子的办公室前,但是大门紧闭,估计是下班了。

腊梅花按捺不住了。

腊梅花　小山猫，就怪你，老牛拉破车，今天白来了，你说怎么办？

小山猫　我们去逛逛夜市，明天再来……

腊梅花　胡说，你没安好心。

这时一个女同志走了过来。

女同志　你们谁是腊梅花？

腊梅花　我是！

女同志　这是蜡染艺术中心的李主任给你留的条。

腊梅花展开一看，纸条上写着："王莹书记给我打电话说你要来送作品，我很高兴。但我要先给一位老人送药，过一会儿回来，请你稍等。"

腊梅花喜出望外。

27. 石旮旯村 / 村委会 / 日 外

汽车在村委会门前停下，李永胜、王莹、穆欢欢等热情地迎上去，李永胜紧紧地抓住张总的手，激动万分。

李永胜　张总从浙江来？

张总　是的。

李永胜　浙江宁波人？

张总　对！

李永胜　我的战友中只有一个宁波人，战友们都称他为"小宁波"。

张总　我是代替我儿子"小宁波"专程来感谢你的。

28. 秀水市 / 办公楼 / 汽车 / 日 内

汽车内，小山猫和腊梅花两只手紧紧地拉在一起，甜甜蜜蜜地说着话。

小山猫　梅花，我看见新闻报道说脱贫攻坚取得全面胜利以后，许多青年都脱单了！你看！

腊梅花　小山猫，你还真会转弯抹角。你是在暗示我？我明白，你想结婚了，我没有意见，但有一个条件。

小山猫　什么条件？

腊梅花　等我们的蜡染工艺品销售额达到一亿元！

小山猫　我的天哪！腊梅花，你的这个条件靠谱吗？

29. 石旮旯村 / 村委会办公室 / 日 内

李永胜等走进办公室，刚落座，王萤就迫不及待地说。

王萤　小宁波我认识，当年，他在我们师部的医院住院时，我去采访过他，写了一篇报道，还很有影响……

【闪回】

英姿勃发的王萤穿着中国人民解放军的制服来到师部医院，作为师部宣传干事的她，是来采访小宁波的。

在某省K市的附近，有几名持枪的贩毒集团的人员正在被当地的武警公安追捕，当地驻军"英雄连"接到命令，协助抓捕罪犯，树丛里已经发生了枪战，李永胜和小宁波等从侧面围了过去……

一颗手榴弹落在小宁波不远处，李永胜一个猛扑，小宁波和李永胜被摔到了一边，手榴弹爆炸。李永胜受伤，小宁波无大碍，一个罪犯出现，小宁波眼疾手快，一枪打在罪犯的大腿上，罪犯被擒获，小宁波立功。

师部的《战报》刊登了小宁波的英雄事迹。

【闪回结束】

张总　哈哈，真巧，我没有想到能够在这里遇到宣传干事同志。可是，小宁波从来没有给我讲过被宣传的事，他给我讲得的多的就是军功章应该是战友李永胜的。

30. 秀水市 / 蜡染艺术中心办公室 / 日 内

李主任在欣赏《妈妈，我好想你》，赞不绝口。腊梅花在一旁绘声绘色地介绍。

李主任　我们明天就要去北京布展，相信你们的作品一定会受到各方面的重视的。

腊梅花用期待的眼神看着李主任。

31. 石旮旯村 / 村委会办公室 / 日 内

张总对李永胜说。

张总　永胜书记，我这次来石旮旯村，除了来看你，还想请永胜书记帮我一个忙。

李永胜　张总别客气，有事您吩咐！

张总　你们石旮旯可有一种叫"威灵仙"的草药？小宁波的奶奶病重，需要用"威灵仙"治病。

穆欢欢　我听说朱三娃对这一带的草药很熟悉。

王莹　我去把朱三娃叫来。

32. 石旮旯村 / 通往老鹰口的山路 / 日 外

日出东方，分外绚烂。

路大海在崎岖的山路上艰难地行走。

路大海出生在沿海的北海市，因和江虹是同学并相互爱恋，博士研究生毕业以后来到秀水学院任教，并成家立业。他正在从事一项关于土壤状况的研究课题，他要把论文写在大地上，写在爱人江虹战斗过的石旮旯村，他要陪着江虹继续战斗。

路大海深深地呼吸，清新的大自然让他陶醉了，他闻到了远离污染的气息，闻到了没有被污染的土地的芳香。

他忘情地投入到采样工作中，他不知道危险正向他靠近。

33. 石旮旯村 / 通往老鹰口的山路 / 日 外

李永胜、王莹和朱三娃快步走在山路上，王莹有一些跟不上，李永胜关心地责怪王莹。

李永胜　我说你不要来，你偏要来，知道这山路不好走了吧！

王莹　我也是想来跟你们学习知识，增长见识嘛，我不会拖你们的后腿的，部队上30里急行军我都没落下。

朱三娃　王莹书记想学知识，我就简单介绍一下，这"威灵仙"就长在这高山上，污染越小，药效越好，是活血化瘀通络的上等草药，对治疗髓型颈椎病有好疗效。

李永胜、王莹（异口同声）　原来如此！

34. 石旮旯村 / 村委会休息室 / 日 内

张总正在给小宁波发微信。

张总写道 我的计划已经实施，今天开始执行。

张总按发送键，很快收到小宁波的回复："多此一举，疑人不用，用人不疑。"

张总写道 眼见为实，耳听为虚，我一定要看到最真实的一面。

张总按发送键，很快收到小宁波的回复，一个"尴尬"的表情。

35. 秀水市 / 蜡染艺术中心办公室 / 日 内

腊梅花与李主任交谈甚欢，憧憬着未来，这时腊梅花的手机上收到了一个"尴尬"的表情，是唐顺风发来的，腊梅花有些纳闷，便打了一个电话。

腊梅花 唐叔怎么啦？

电话那端传来唐顺风的声音 儿子跟着你跑了，谁管我这个老头？永胜书记让我搞民族街规划，我得先学习，我在书店买了一大捆书，怎么拿回石旮旯啊？让小山猫开车过来接我。

腊梅花 别急，唐叔你在哪儿？我们来帮你。

腊梅花又对小山猫说。

腊梅花 有了媳妇忘了娘！哼！

36. 老鹰口 / 山路 / 日 外

树林越来越密，路大海越走越兴奋，他明白，只有在这样无污染的地方,才能生长高品质的有机农作物,这片土地一定会给他的土壤分析研究提供很好的佐证和依据。

不料,这时一条毒蛇已经逼近了路大海。

37. 老鹰口 / 山路 / 日 外

朱三娃、李永胜步子较快,王萤跟着有点吃力。

朱三娃（侃侃而谈） 这个"威灵仙"长得越高越寒药效越好,如果有一条蛇泡一泡,那就是绝配。

这时,王萤眼尖,正巧发现路中央爬行的毒蛇,慌张害怕地喊。

王萤　蛇,蛇!

李永胜心一紧,毒蛇前面居然还有一个人,这个人居然没有一点防备。这时,朱三娃也发现了"敌情",闭住了嘴,用眼睛看着李永胜,这眼神是请示。

李永胜发出战斗手势,朱三娃回手势,两个人朝毒蛇快速移动……

38. 老鹰口 / 山路 / 日 外

有些疲劳的路大海坐在一块石头上,从包里拿出面包就要吃,突然看到眼镜片对面也出现了一个头,对着面包,这是一个蛇头,路大海吓晕了,往后倒去……

这时,朱三娃突然跃起推了路大海一把,路大海安全了,朱三娃却滚下了山坡。

李永胜手起刀落,直劈毒蛇的七寸……

王萤（大声呼救） 朱三娃!

李永胜扶起惊魂未定的路大海。

39. 石旮旯村 / 村委会休息室 / 日 外

慌慌张张的张总接到报告就往外走,边走边嘀咕。
张总　越怕鬼,越要闹鬼!

40. 高山镇 / 医院 / 日 外

一辆救护车疾驶而来,停在医院楼前。
众人用担架车把朱三娃推进抢救室,朱三娃头部受伤,伤势比较严重。
抢救室门口,李永胜和路大海四目相对。
"永胜","大海",两双手紧紧握在一起。

41. 通往石旮旯村的公路 / 汽车 / 日 内

小山猫驾车急驶,唐顺风在看建筑方面的书籍。
腊梅花　听说三娃叔伤得不轻,我们去医院看看。
唐顺风　不行,他还没给我道歉,我就这样去,别人会笑话我的。
小山猫　爸,你还计较这个啊?你是我们村出了名的"唐人肚",肚大能撑船啊!我听说三娃叔有一个战友在县里管建筑规划,说不定要求他呢。
唐顺风　我说不赢你,去!梅花,到镇上后买一点水果。

42. 高山镇 / 医院门口 / 日 外

张总和李永胜在交谈，路大海站在一边。

李永胜　朱三娃摔伤了，我们都不认识"威灵仙"，怎么办呢？

路大海　我认识"威灵仙"，我可以带你们去。

张总　哈哈，重上老鹰口，我也去！

43. 石旮旯村 / 村委会 / 日 内

穆欢欢正在接电话。

穆欢欢　高锟书记要来考察我们村，好的！实地推进乡村振兴示范村建设，做好汇报，还有考察点，好的，我给永胜书记和阿贵村主任汇报。

正在这时，阿贵村主任走了进来，穆欢欢汇报电话内容。

阿贵　赶紧把永胜书记请回来，高锟书记来考察，他要重视，他的安排，我们会抓好落实。

穆欢欢　村主任，永胜书记陪张总上老鹰口去了，你能不能先召集人做一个迎接高锟书记考察的方案，永胜书记回来好讨论。

阿贵　你这个丫头又在为难我，是考我吧！舞文弄墨是我的弱项，我哪做得成。

穆欢欢　不会要学，跟上时代步伐。

阿贵　行，这次你教我，你是我老师，你先弄一个范本。

穆欢欢哭笑不得。

44. 石旮旯村 / 通往老鹰口的山路 / 日 外

李永胜、张总、王萤、路大海一路小心翼翼，张总从来没有爬过这么高的高山，显得异常兴奋，在他的眼里处处是美景，张总拿着手机不停地拍照，李永胜担心张总的安全，特意叫老焉担任"向导"和"警卫"。

王萤说她一定要亲眼见证采到"威灵仙"，李永胜没有办法，只好同意她前往老鹰口。

李永胜拿着一根竹竿不停地拍打，他担心再遇到蛇，又不知会出什么事故。

李永胜　老焉，到山顶还有多少路程？

老焉　还有六七里地吧！

李永胜听得出来，老焉说话的底气也不足，另外一个问题是，到山顶就能采到"威灵仙"吗？

张总一会儿说这里可以搞风能发电，一会儿说可以建索道登山观云海，引起了王萤的注意，难道他真的是来采草药的吗？还是有其他来意？

王萤　永胜书记，张总真的是来看你的？是来采草药的？

李永胜一副一问三不知的样子。

45. 高山镇 / 医院 / 病房 / 日 内

腊梅花带着十几个学生来到朱三娃的病房，唐顺风跟在后面，到了病房还不想进去，被小山猫东推西拉弄了进去。

腊梅花　三娃叔，你舍己救人，英勇可嘉，是我们学习的榜样。同学们，朱三娃叔叔曾经是一个坦克兵，开着坦克可威武了！

一学生　三娃叔叔，你打过仗吗？我最敬佩打仗的英雄！

另一学生　三娃叔叔，你可不可以教我们开坦克？我也要开着坦克去打敌人。

一女学生　三娃叔叔，你救科学家叔叔时知道危险吗？

腊梅花　同学们，我们给朱三娃叔叔献花，向朱三娃叔叔表示敬意！

孩子们把手里的鲜花献给朱三娃。

朱三娃眼里噙着泪花，他被孩子们的真情打动了。

46. 老鹰口 / 路旁 / 日 外

李永胜把水壶递给张总，张总看着水壶口，犹豫了一下，接过来喝了一口。

李永胜　抱歉啊，张总，军旅生活让我养成了用水壶的习惯，我经常忘了让他们带矿泉水。老焉，下次一定要带矿泉水了。

张总　永胜书记，你不要多心，我是担心你嫌我。我声明，我没有病啊！

张总的表情逗得大家哈哈大笑。

王莹　张总，你是从事什么行业的？我觉得你很懂专业，我很好奇！

张总　你们想知道我的创业历史？想知道我的故事？

47. 高山镇 / 医院 / 病房 / 日 内

过了半天，朱三娃才发现李永胜、王莹、路大海不在医院。

朱三娃　永胜呢？他怎么不在医院？

小山猫　永胜书记重上老鹰口去了。

朱三娃一怔。

朱三娃　他们能走到山顶，但不一定能采到"威灵仙"，这件事还真的非我莫属。

朱三娃拔掉针头，就往外跑。

腊梅花着急了。

腊梅花　小山猫，快去跟着三娃叔，不要让他摔了。

48. 老鹰口 / 路旁 / 日 外

张总　你们都想听我的故事，可我更想听这位先生（路大海）的故事，我的感觉，他一定不简单。

大家这才注意路大海。

王莹　我们的路大海的确是一个有故事的人。

49. 滨海大学 / 教室 / 日 内

【闪回】

老师正在上土壤学。

路大海和江虹同桌，他们认真地听课。

江虹（OS）　大海，你说什么样的爱情是最动人的？

路大海（OS）　默默地奉献，像涓涓细流流淌过我的心上人的心田。

江虹（OS）　说得好听，更要做得好看。

路大海做了一个"OK"的动作。

【闪回结束】

50. 滨海大学 / 艺术厅 / 日 内

【闪回】

滨海大学纪念一二·九运动文艺演出正在进行，舞台上的江虹正在表演独舞《觉醒》，优美的舞姿和专业的表演赢得一阵阵掌声，坐在观众席的路大海也是情不自禁……

路大海（OS） 由于江虹跳舞时穿得太薄，当晚就发高烧送进了医院，一住院就是一周。学年考试就要到了，这次考试对于我和江虹都很重要，谁得了班级第一名，谁就有可能被保送读研究生，我把这一周的所有笔记都送到了江虹面前。

江虹 大海，你把笔记都给了我，尤其是土壤学难度最大，万一我考得班级第一名，你就可能失去保送研究生的机会，你可要想清楚。

路大海 我们俩都应该尽最大的努力展示最好的自我，我们应该互相鼓励，互相帮助，公平竞争！

江虹的眼里充满了感动的眼泪。

路大海（OS） 考试结束，江虹拿到了班级第一名，她的兴奋之情无法言表。当然我也不是孬种，我考上了硕博连读研究生，并收获了爱情。

校园里，路大海和江虹依恋的身影……

【闪回结束】

51. 北京 / 展厅 / 日 内

贵州蜡染艺术展正在进行，一件件作品，巧妙的构图，美丽的画面，精湛的工艺，受到前来观赏的人们的好评。李主任正在引导评委逐项观赏并打分。

　　场内处处是讲解员优美动听的声音。

　　李主任引导评委来到《妈妈，我好想你》前面。

　　李主任　这幅作品讲述了一个十分动人的脱贫攻坚故事……

52. 老鹰口 / 山路 / 日 外

　　高空俯视，山峦起伏，岩层叠嶂，树林茂密，道路蜿蜒。

　　两拨人马越走越近，李永胜似乎已经听到了朱三娃的脚步声。

　　李永胜和朱三娃通电话。

　　李永胜　我们相距不到一公里，适合"威灵仙"生长的环境应该就是这一带了。好的，我们等你，天色晚了，你们要快一点。

53. 北京 / 展厅 / 日 内

　　贵州蜡染艺术展的评审已经接近尾声，大家都在等待激动人心的时刻——评审结果的宣布。

　　受邀而来的专家还在侃侃而谈，进行着点评，李主任耐心地听着，她关心的是一等奖花落谁家。

　　终于宣布了，一等奖是秀水市选送的《妈妈，我好想你》，李主任提到嗓子眼儿上的心终于放下了。

　　热烈的掌声响起。

54. 石旮旯村 / 村委会办公室 / 日 内

穆欢欢把"方案"递给阿贵，但看得出来，阿贵对这个方案并没有很在意，他的心也在老鹰口上。

阿贵　穆欢欢，你给我分析下，李永胜、王萤、朱三娃，还有一个大学教授，陪着一个老板不遗余力、翻山越岭地去采草药，有这个必要吗？

穆欢欢针锋相对。

穆欢欢　阿贵村主任说说没有必要的理由，启发一下我。

阿贵　难道比迎接市委书记高锟还要重要？

高锟　的确是比迎接我还要重要。

阿贵回头一看，高锟书记已经来到了村委会办公室。

55. 老鹰口 / 山路 / 日 外

李永胜等停下了脚步，准备休息，张总打趣地说。

张总　王萤书记，是不是该听我的故事了？

王萤微笑着，不置可否。

【闪回】

张总（OS）那是春天的故事，改革开放的浪潮席卷全国，温州人敢闯敢干的精神也冲击着"隔壁"的宁波人，张氏兄弟中的老大，也就是我，下海了！

话外音中出现以下画面：

画面一　奠基仪式。

画面二　现代化生产线落成。

画面三　大屏幕显示公司的各项经济指标。

画面四　张总召开公司大会，研究创新发展。

【闪回结束】

张　总　这就是我的故事，是否像路大海的那样精彩？请各位点评。

李永胜　非常精彩，改革开放浪潮中涌现的精英，点赞！

路大海　我是小打小闹，你是在干大事，我比不上你。

王　莹　张总除了来看望永胜、采草药，就没有其他想法？

56. 老鹰口 / 山路 / 日 外

走在山路上的朱三娃、腊梅花、小山猫，已经看见不远处的李永胜等人，这时腊梅花接到一个电话，是李主任打来的。

李主任（电话中）　恭喜你，梅花，《妈妈，我好想你》获得了一等奖，这奖项为我们秀水市增光了！

腊梅花　哇，我们获得一等奖了！

腊梅花忘情地抱住了小山猫，两人在山路上把个性张扬到极致。

朱三娃　梅花姑娘，小心别摔了。

腊梅花这才冷静下来，突然，腊梅花向山上狂奔而去。

腊梅花　永胜书记！王莹书记！我们得了一等奖！

57. 石旮旯村 / 民宅 / 日 内

唐顺风的小桌上堆满了书籍，他一边看书，一边画草图，画来画去，唐顺风总感觉不满意。

老　伴　顺风，你墨水没有喝几瓶，拿砖刀你行，画图搞规划你可不在行,你还是请教专家吧,不要一个人瞎折腾。

唐顺风　如果不是为了节约钱,我才不受这个罪!

阿贵领着高锟进来了,唐顺风定眼一看,吓坏了,这个"陋室"什么时候来过这么大的"官"?

58. 老鹰口 / 山路 / 日 外

伴随着腊梅花的兴奋,大家都处于欢快的气氛之中。

朱三娃　我有一个预感,前方的山崖上有"威灵仙",时候不早了,我们抓紧吧!

李永胜很理解王萤的心情,他知道王萤很认真,总是想把事情搞清楚、搞明白。

李永胜　小宁波为什么不来看我呢?而是张总你来,这里面不会有什么蹊跷吧?

张总　我在报纸上看见你们石旮旯村在脱贫攻坚中取得的最终成果,看到你们的不容易,看到你获得全国脱贫攻坚先进个人的事迹,我就说来看看你,小宁波说忙过这一阵,他亲自来,所以我就先来了。我这么简单,逻辑上没有什么问题吧?

59. 石旮旯村 / 民宅 / 日 内

高锟和唐顺风亲切交谈。

唐顺风　去年我们石旮旯村"砖瓦匠施工队"产值超过 100 万元,仅村级集体经济我们就贡献了 10 万元。今年,我们正在按照"石旮旯村美丽乡村建设规划"打造民族街升级版,我没有知识,正在恶补。

高锟 村民们的收入还稳定吧?

唐顺风 绝大多数应该是稳定的。

高锟 言外之意,还有人不稳定?

唐顺风 在我们村最怕生病,尤其病了躺在床上。

高锟(问阿贵) 石旮旯村有因病返贫的吗?

阿贵 目前没有返贫,但出现了困难户。

60. 老鹰口 / 悬崖下 / 日 外

李永胜等人来到悬崖底,朱三娃往崖上一指。

朱三娃 你们看,那里有一株"威灵仙",大伙拿出手机调出图片对着看。

腊梅花 是的,是的,我们找到"威灵仙"了!

但是,这个岩壁大约有20米高,怎么能够采摘到呢?大家都把目光投向了李永胜。

李永胜 紧急集合!

王莹、朱三娃、小山猫整齐排列在李永胜的面前,只有张总和路大海、腊梅花呆站着没有动。

李永胜 悬崖就是战场,目标就是"威灵仙",大家有没有信心打赢?

王莹、朱三娃、小山猫(齐声回答) 有!

李永胜 搭人梯,出发。

腊梅花等人恍然大悟,

腊梅花 报告永胜书记,我人轻,我申请参加。

李永胜 入列。

腊梅花站在了队伍之中。

61. 石旮旯村 / 民宅 / 日 内

高锟　入户调查不能停，入户调查的精度不能减，入户解决问题的机制还要更健全、更加有效。石旮旯村党支部和村委会，一定要把好这个大局。

阿贵　高锟书记请放心，我们不会懈怠的。

高锟　这样就好。李永胜和王萤该回来了吧！

阿贵　永胜和王萤去了老鹰口……

高锟　我知道，他向我汇报了的。

62. 老鹰口 / 岩壁 / 日 外

李永胜一个手势便下达了"战斗任务"。

腊梅花站在岩壁前，王萤站在腊梅花肩膀上，然后，腊梅花站在小山猫肩膀上，小山猫站在朱三娃的肩膀上，朱三娃站在李永胜肩膀上，人梯搭成，但是，王萤的手还差20厘米才能摘下那株"威灵仙"。

这个具有非凡战斗力的团队让张总十分感动。

路大海和张总争着要当最后一梯，让这个特别的人梯继续搭高。

李永胜　王萤书记，还差多远？

王萤　大约20厘米。

李永胜　大海，我们需要武器，去取一根树枝。

63. 石旮旯村 / 另一民宅 / 日 内

这是一户暂时出现困难的农户，男主人因病失去劳动力，家庭收入开始下降，李永胜和阿贵商量后，给他们家的女主人安排了劳务岗位，在村委会办公室值班。

高锟和阿贵等人进了农户家。

高锟　老人家，药吃了吗？大嫂去值班，谁照顾你？

老人　李永胜书记做了安排，我侄儿在哩！高锟书记，你们做得太周到了！

64. 老鹰口 / 岩壁 / 日 外

一根木棍从路大海的手里传递给李永胜、朱三娃，一直传到王萤手里，王萤用了巧力，这株"威灵仙"从天而降。

张总接住了这株来之不易的"威灵仙"。

路大海用手机记录了这一珍贵的时刻。

一株"威灵仙"让一群人有了一段特殊的经历。成就感让大家着实地欢快了一把。

路大海吟诗　非凡小草，稀世珍宝，横空而来，岁月静好！

好诗，好诗！大家赞不绝口。

65. 浙江宁波 / 企业 / 日 内

忙碌中的小宁波收到一条微信，是父亲发来的九张图片，其中一张是张总接住从山崖上"飞"下来的"威灵仙"。小宁波的眼睛停留在李永胜身上。

小宁波　老连长，你明显变老了，辛苦啦！

66. 贵阳机场 / 机舱 / 日 内

飞机腾空而起,直冲云霄。

腊梅花和小山猫坐在机舱里,腊梅花充满着憧憬,王莹觉得这对小情侣很可爱。

小山猫　腊梅花,我有一种预感,你很快就会成为中国名人了。

腊梅花　别胡说,我一个土生土长的"乡下妹",你不嫌弃我就不错了。

小山猫　现在媒体就喜欢捧你这种"土里土气"的人。

腊梅花　你取笑我!

小山猫　你出名不是坏事,只要你出名了,你的蜡染事业肯定就发达了,全世界直播带货!

腊梅花将信将疑地看着小山猫。

67. 石旮旯村 / 村委会办公室 / 日 内

高锟和张总的手紧紧地握在一起。

高锟　这几天的考察还满意吧!不,你对石旮旯村的考核还满意吧!石旮旯村的这帮人是不是想干事、能干事、能做成事的人?你可以下结论了。

张总　是,的确能干事,这一点给我留下了非常深刻的印象。

高锟　眼见为实,你的目的肯定达到了,该给我说说实话了吧!

张总　你总是这么咄咄逼人,不让人有喘息的机会。请高书记放心,我一定不虚此行。

李永胜一直在仔细地分析他们的对话。

68. 石旮旯村 / 住所 / 日 内

路大海来到江虹曾经住过的房间。为了怀念和尊重江虹烈士，村里保存了江虹居所的原貌，唯一变化的只是桌上多了一张江虹的彩色照片，照片里的江虹楚楚动人。

路大海捧起一束白菊花，【叠影】大学时代的江虹翩翩起舞……

路大海潸然泪下。

【穗穗的话外音】妈妈，我好想你！

李永胜、张总、高锟等静静肃立。

69. 石旮旯 / 步行街 / 日 内

高锟拉着张总走上了步行街——脱贫攻坚的成果，石旮旯村修成了这样的步行街，融民族文化和乡村民族风貌为一体，发展民族文化旅游，但民族特征还不够明显，规模和数量也比较小，所谓"民居"也主要是限于旧房改造，所以村党支部、村委会提出打造石旮旯村民族街升级版。

高　锟　我看你这么用心，是有意而为吧！是不是该谈条件了？

张　总　高锟书记真厉害，把我看穿了，我就交底吧！

高　锟　我就知道张总是爽快之人。

张　总　我们公司准备为乡村振兴出一份力，计划在秀水市建设新能源新材料产业集群的研发基地，重点是加快锂电材料产业建设，选址是关键。

高　锟　所以你就来到了石旮旯村。选中了吗？

张　总　石旮旯人很优秀！

70. 北京 / 展览馆 / 日 内

贵州省秀水市石旮旯村蜡染工艺品签约仪式正在举行。王萤代表石旮旯村委会签约，腊梅花和小山猫做一些辅助工作，小山猫不停地拍照。

一份份合同从王萤的手上经过，当第100份合同签完以后，王萤、腊梅花紧紧地拥抱在一起，腊梅花热泪滚滚，石旮旯村蜡染产业一跃迈上新台阶。

李主任和祝贺者的掌声不断……

71. 石旮旯村 / 住所 / 夜 内

在江虹住过的房间，在江虹用过的办公桌上，路大海伏案而书。《秀水市石旮旯村土壤质量调查报告提纲》，他先写提纲，报告要等样品分析结果出来才能完成。

门被推开，小山猫抱着一个大西瓜进来。

小山猫 路教授，你辛苦了，吃口西瓜，解解渴。

路大海 小山猫，老鹰口一带环境好，无污染，是建设有机农作物基地的好地方，我准备建议秀水市在老鹰口建设有机农作物试验区，我希望你能参加。

小山猫 我能做什么？

路大海 发挥人民解放军敢于作战的优良传统和作风，组织一个民兵队，保护老鹰口，使之成为无污染区。

72. 石旮旯村 / 村委会办公室 / 夜 内

高锟和张总还在聊，李永胜、阿贵陪着。

张总　在来石旮旯村之前，我们和小宁波发生了严重的争执……

【闪回】

小宁波　爸，我看了老连长永胜打赢脱贫攻坚战的新闻报道，百感交集，当时，习近平总书记要求巩固脱贫攻坚成果，做好脱贫攻坚与乡村振兴的有效衔接，我想投资，我们是有机会的，也是可以作为的。

母亲　你说什么？不要感情用事，石旮旯村有适合我们的投资环境吗？

小宁波　虽然我没有去过，但我相信有。

母亲　靠想象来判断不是科学态度。

小宁波　科学的态度是去考察。

张总　我去考察，因为我的判断比较客观。

【闪回结束】

高锟　张总，你的考察结论是什么呢？

张总　我理解小宁波了。

73. 石旮旯村 / 小学教室 / 日 内

在王萤书记的再三请求下，路大海终于同意给这里的村级干部做一个关于有机农作物的辅导报告。

路大海　有机食品通常来源于有机农业生产体系，是根据有机农业生产要求和相关的标准加工的，通过独立的有机食品认证机构认证的一切农副产品，包括粮食、蔬菜、水果、奶制品、畜产品、蜂蜜、水产品等。

路大海发现村级干部对他的报告还很疑惑。

一语惊醒梦中人。

路大海　有机农业和生态农业是农业农村现代化的最高要求,也是乡村振兴的最高目标。

这句话深深地敲打着李永胜的心房。

王萤给李永胜发了一条微信,两个字:"高论!"

74. 石旮旯村 / 村委会办公室 / 日 内

李永胜、王萤、阿贵、朱三娃、穆欢欢、老焉等村干部正在讨论研究建设石旮旯村乡村振兴示范村的方案。

李永胜　这个方案一旦通过,我们就要付诸实施,我们一定按照围绕"四新"、主攻"四化"的思路,锁定目标坚定不移地走下去,不获全胜绝不收兵。

王萤　路线有了,方向有了,目标任务明确了,关键是一抓到底!

朱三娃　我们的退役军人突击队准备好了,就等永胜老连长下命令了!

李永胜　好!退伍不褪色,保持革命军人的优良传统和作风,招之即来,来之能战,战之必胜,用乡村振兴的成果展示我们退役军人的荣耀!

这时唐顺风急匆匆地跑进了村委会办公室。

唐顺风　永胜书记,大家都在,请你们给我们石旮旯村民族街升级版规划提提意见。

75. 贵阳机场 / 飞机 / 日 内

飞机起飞了,张总的心也起飞了,石旮旯之行让他感触颇深,他结识了大山深处这些朴实无华的朋友们。

张总的胸前，放着一株精心包装好的"威灵仙"，这不仅是一株草药，更是在艰苦环境里奋力拼搏的人们的精神象征，凭借伟大的脱贫攻坚精神，乡村振兴也一定会取得伟大的成功。

张总　该我们和这个伟大的时代一起奋进了！

76. 石旮旯村 / 小学教室 / 日　内

妇女们叽叽喳喳，兴奋异常。王萤、腊梅花在给大伙分配蜡染任务。

妇女一　梅花，干得多的收入一定要多啊。

腊梅花　那是，我们一定按劳分配。

妇女二　王萤书记，你预计到年底，我们的收入是什么情况？

王萤　在现在的基础上至少翻两番。

众妇女　哇！

一群幸福的人们。

77. 秀水市 / 市委书记办公室 / 日　内

路大海撰写的《关于在秀水市石旮旯村建立有机农业和生态农业试验区的建议》呈到高锟书记的桌上。

高锟批示　这个建议非常好，是我市专家、学者响应习近平总书记号召把论文写在大地上的重要成果，该成果对于推进农业农村现代化有积极的意义，请论证并组织实施。

78. 浙江宁波 / 企业 / 日 内

室内办公桌的正中放着"威灵仙"。

张总在主持召开公司董事会，研究在秀水市石旮旯地区建设锂电材料产业基地的报告，该项目投资 20 亿元。

小宁波、母亲等董事会成员发言。

会议同意在石旮旯地区建设锂电材料产业基地。

79. 石旮旯村 / 猴头崖 / 日 外

李永胜、王萤、朱三娃等站在为脱贫攻坚而献身的烈士冯第一墓前，缅怀英雄。

李永胜接到小宁波的电话。

 小宁波 老连长，飞机即将起飞，我很快就要到石旮旯村，与战友们并肩作战。

80. 石旮旯村 / 村委会 / 日 外

小山猫和腊梅花的婚礼隆重而简朴，人们迎来幸福美好的明天！

全剧终

生死搏击[*]

编剧：曾 羽

故事大纲

故事以一颗红宝石为线索，围绕市公安局刑警队队长齐嘉明和市纪委侦查人员全卉联手调查红宝石失窃案来展开，层层突破中牵扯出一个腐败案，最终将腐败分子绳之以法。

阿朵阿花和鲁鑫是一对情侣，五年前，阿朵阿花说她喜欢红宝石，鲁鑫就带她看来自缅甸的红宝石展。那时的阿朵阿花年轻貌美，鲁鑫有这么漂亮的女朋友也是幸福感满满，生怕自己辜负了阿朵阿花，于是鲁鑫便在展厅这颗20.9克拉的红宝石前许下心愿，一定努力奋斗，努力挣钱，给她买一颗红宝石。阿朵阿花感动地点头并拥抱鲁鑫，不料这时停电了，等供电恢复，20.9克拉的红宝石不翼而飞。

江瑶是崇岭市副市长，江湖人称"七姐"，看似简单、普通的一个职业女性，殊不知竟是黑白通吃、幕后掌舵的操盘手。她和鲁鑫有着不为人知的秘密协议，鲁鑫直到病亡前所做的一切都是为她服务，阿朵阿花不但知道实

---

[*] 该剧本获得第二届宁波（影视）剧本创作征集活动三等奖。

情还很理解鲁鑫的所作所为。江瑶害怕有朝一日自己的罪行暴露，便伪造了一封匿名信，举报国家重点物资储备中心仓储项目配套工程招投标问题，信中提到了"舅舅"利用市委书记的影响参与了投标并获得了项目，想以此甩锅市委书记郝山村。郝山村心想他并没有所谓的"舅舅"，一边明面上交给齐嘉明和仝卉调查红宝石盗窃案，一边也让齐嘉明帮助自己暗查"舅舅"是怎么回事。

  鲁鑫病死后，越来越多的线索开始浮出水面，女友阿朵阿花通过鲁鑫生前写在手心的数字密码打开了保险柜拿到秘密小包，但是她却不敢自己打开。好友仝卉慢慢发现了阿朵阿花的异常，认为红宝石盗窃案一定与鲁鑫有关，阿朵阿花肯定有难言之隐。在这些线索背后，一盘棋正在布局。齐嘉明在解救真舅舅时被活活打死，因公牺牲。江瑶聪明反被聪明误，以为有老K的背后加持，大家定不会知道这些不为人知的事，殊不知自己已经慢慢进套。终于在明里暗里的一出出戏码上演后，鲁鑫留下的包被打开，暴露了江瑶的一切罪行，红宝石结束了江瑶罪恶的一生⋯⋯

  "正义也许会迟到，但绝不会缺席。"一颗红宝石，将爱情、亲情、友情展现得淋漓尽致。

人物表

主要人物：

仝　卉	女，30 岁，崇岭市纪委侦查人员。
齐嘉明	男，32 岁，崇岭市公安局刑警大队队长。
郝山村	男，45 岁，中共崇岭市委书记。
吴唯沁	女，30 岁，中共崇岭市委办公室机要科科长，经济学博士。
江　瑶（七姐）	女，49 岁，崇岭市副市长。
鲁　鑫	男，35 岁，崇岭市大数据科技信息有限公司总经理。
褚水蕴	女，40 岁，崇岭市旺达律师事务所所长，郝山村的妻子。
阿朵阿花	女，30 岁，崇岭市歌舞剧院舞蹈队队长，鲁鑫的未婚妻。
桑　多	男，55 岁，小商贩。
华婆婆	女，53 岁，小商贩。
老　K	男，35 岁，黑社会人员。

剧 本

1. 省城 / 街道 / 小车 / 日 内

崇岭市委书记郝山村从省委办公大楼匆匆走了出来,一辆小车驶到他的面前,郝山村拉开车门,坐上车,急忙对驾驶员说。

郝山村 快,回崇岭市,我还有急事。

驾驶员一踩油门,汽车急驶而去。

坐在前排的孙秘书扭头向郝山村报告。

孙秘书 书记,我来接你之前,市委办公室机要科吴唯沁科长给了我一份机要件,说是省领导的批件,是督办件,让我马上给你。我打开一看,是一封举报信,有省领导的批示。

郝山村 举报信?

2. 市区 / 工地 / 日 外

崇岭市国家重点物资储备中心仓储项目配套工程最大的"瞬达物流园"项目工地指挥部,负责设备安装的工程指挥长鲁鑫正在接电话,电话里是一个女人娇滴滴的声音。

七姐(电话中) 我的宝贝,事情弄好了吗?

鲁鑫 七姐,你放心,已经通过邮局发出去三天了,那位"先生"应该收到了。

七姐(电话中) 干得漂亮,下班后到我公寓,我奖励你。

鲁鑫头上冒出虚汗，心想，她今天怎么不去开会了？

3. 市委 / 办公室 / 日 内

崇岭市委办公室机要科科长吴唯沁抱着一堆机要文件，走进了市委书记郝山村的办公室。

吴唯沁看见郝山村的办公桌上有一封特别的信，写的是"郝山村书记收"，落款是"内详"。吴唯沁见四下无人，出于好奇和随性，吴唯沁打开信封，从信封里拿出一张照片，吴唯沁定眼一看，"哇"地惊叫一声，照片从她手里掉在地上，这是一张市委书记郝山村和一个女人睡在床上的照片……

4. 市区 / 道路 / 小车 / 日 内

郝山村　举报谁？什么事由？

孙秘书迟疑。

郝山村　小孙，你在犹豫什么？难道是举报天王老子？看你这熊样。

孙秘书　是举报国家重点物资储备中心仓储项目配套工程招投标问题，关键是举报信中提到了你的一个舅舅，说他利用你的影响参与了投标并获得了项目……

郝山村　我的舅舅？我什么时候有"舅舅"了？我的什么"舅舅"有这么大的能力？能参加这么大的项目的投标？还利用我的影响，你搞错没有？

郝山村一脸茫然，一头雾水。

孙秘书　书记，白纸黑字能错吗？

5. 市委 / 办公室 / 日 内

看了郝山村的不雅照片，吴唯沁站在办公室里心如乱麻又满怀怨气，但又无可奈何，这时她的手机响了，是市歌舞剧院舞蹈队的阿朵阿花队长打来的。

阿朵阿花（电话中） 吴大科长，我们的小仙女，还在忙啊，别忘了今天的饭局，仝卉谈男朋友了，我们一定要好好审查审查。

吴唯沁还没有回过神来，此刻的她什么心情都没有了，没好气地对阿朵阿花说。

吴唯沁 我今天要加班，去不了。

阿朵阿花（电话中） 你是想等你心中的白马王子吧！我有准确情报，郝大书记正在高速路上，要晚上七点才能回到崇岭，今天他的事特别多，估计顾不了你了，你有话明天找他说去。我们还是要给仝卉扎起①，关键时候，我们三个好姐妹可不能掉链子啊。

被阿朵阿花看穿了，吴唯沁还有一点不好意思。

吴唯沁 好吧，我们三个人你是大姐，我听你的。

6. 公寓 / 卧室 / 傍晚 内

一个女人坐在梳妆台前补妆，从背影来看，她的身材极好而且很性感，49岁了风韵犹存。

鲁鑫洗完澡出来，看上去有一些疲惫和焦虑。

---

① 四川方言，意思是捧场子、给面子。

鲁鑫　七姐，今天还满意吧！

七姐　（背影）不错，越来越有水平了，我还会奖赏你的。

鲁鑫　那你今天就奖赏我一点时间。

七姐　要走？晚上你还得陪陪我，任务没有完成就要走？

鲁鑫　七姐，我今天的确有事。

七姐　是去见女朋友吧！你先看看规矩，再做决定。

七姐从抽屉里拿了一张纸给鲁鑫，鲁鑫只好顺从她了。

7. 市区 / 饭店 / 日 内

　　齐嘉明真真实实地享受了一餐"美女盛宴"，阿朵阿花、吴唯沁和仝卉三个美女轮番敬酒，尤其是阿朵阿花和吴唯沁左一个"帅哥"右一个"帅哥"的恭维，着实让他飘飘然了一把。

　　天下没有不散的宴席，阿朵阿花和吴唯沁送走了仝卉和齐嘉明，重新回到座位上，显然她们俩还不打算走，因为她们还没有想好去处。

　　吴唯沁　大姐，鲁鑫呢？一会儿他来接你吗？

　　阿朵阿花　他不会来的，鲁鑫的晚上不属于我。他说，他一定要把那颗最美最耀眼的红宝石搞到手，他就娶我。

　　阿朵阿花说这话时没有兴奋，似乎还有痛苦，更多的是无奈。

　　吴唯沁　大姐，我羡慕你，你有梦想，你有希望！

　　阿朵阿花　唯沁，你不知道大姐的痛苦，不要看我们的表面，你知道鲁鑫过的是什么日子吗？他用什么为我挣红宝石？

　　吴唯沁　用他的勤劳、智慧和勇敢。

　　阿朵阿花　不错，还有他的身体！

　　吴唯沁　啊！？那你……

阿朵阿花用"请勿打扰"的目光看着吴唯沁。

吴唯沁心领神会，没有继续问下去。好姐妹也只能点到为止了，但她的确不明白阿朵阿花的痛苦，她知道阿朵阿花的苦还没有到说出口的那一天。

这个时候一辆小车从吴唯沁眼前驶过，她看车牌照就知道郝山村坐在车里，而且走的是回家的路。吴唯沁也有自己的苦。

8. 市区 / 街道 / 夜 外

仝卉急匆匆来到拳击馆，齐嘉明正在给郝山村训练拳击，刚好训练结束，郝山村不愿见到其他人，从侧门出去了，仝卉只看见郝山村的背影。

齐嘉明认为仝卉来得正好，想和她过几招，都说仝卉是拳击高手。

仝卉　有重要工作商量，拳击的事以后有机会。

仝卉和齐嘉明漫步在街头，这是仝卉接到任务的第一天，组织上要她做齐嘉明的助手，破一个要案。

一边走，齐嘉明一边调侃仝卉。

齐嘉明　仝卉，在你的小姐妹面前，我的戏演得不错吧！

仝卉　不错，继续演。

齐嘉明　会不会假戏真做、弄假成真？革命时期的地下党，弄假成真的可多了！

仝卉　有可能，我不拒绝帅哥，那就看你的表现了。

齐嘉明　有机会就好，不就是表现嘛，这个我在行，走着瞧。

仝卉　你吹吧！

两人对视，笑了。

仝卉　嘉明，言归正传，我们的任务是什么？

齐嘉明拿出一份文件给仝卉看。

齐嘉明　我们的任务是市公安局唐局长亲自下达的，查一个五年前的缅甸红宝石失窃案，这是一份有关这个案子的机密文件，你回到办公室再看，这里不适合看文件，文件一定要保管好。

仝卉用质问的眼光看着齐嘉明，意思是保密我都不懂吗？

齐嘉明　资料上说，五年前在崇岭的一个展厅，有一颗20.9克拉的红宝石失窃了，案子没破，但结案了，估计这个盗窃案会带出一个腐败案，我们的任务是在一个月内要找到这颗红宝石并破案。市委书记郝山村直接抓这个案子。换句话说，我们俩直接受郝山村书记领导。

仝卉　刚才走出拳击馆的是郝书记吧？

齐嘉明　正是。

仝卉　破偷盗案子正好是你这个刑侦大队长的拿手戏，有你这个大名鼎鼎的大队长就行了，我一个纪委的小小侦查人员可是外行，为什么要我当你的助手？

齐嘉明　你我各有所长，刑事侦查的课你要补，但我们不能只看刑侦，要透过现象看本质，这个盗窃案应该还有深层次的政治问题、经济问题，这方面你在行，需要你大显身手。

仝卉　你调侃我！

两人对视一笑，心照不宣，算是表态合作了。

这时，一辆小车停在他俩面前，下车向他们走来的是郝山村的秘书。

孙秘书　齐嘉明、仝卉同志，郝书记要见你们。

9. 市区 / 住宅楼 / 郝山村家 / 晨 内

这是一座两层楼的房屋，是老房子了，市委办公室修缮了一下，郝山村刚来崇岭市工作时，说临时住，这一临时就是三年了。

吴唯沁从楼下经过，每天她都情不自禁地从这里走一回，是想看看楼上的风景吧。

透过窗户，可以看到，郝山村的妻子、崇岭市著名的大律师褚水蕴拿着郝山村的外套走到站在窗边的郝山村身边，把外套给郝山村穿上，画面很感人。

这一刻，屋里的人看见了屋外的人，屋外的人也看见了屋里的人，心照不宣。

褚水蕴把郝山村送下楼，没有一句多余的话。

10. 市区 / 道路 / 小车 / 晨 外

车内的郝山村回想着早上自己和妻子的对话。

【闪回】

郝山村　水蕴，我们家还有一个舅舅，是亲舅舅吗？

褚水蕴　我不清楚，我妈也没有给我说过，发生什么事了？要不我问问。

郝山村　注意方法，不要太直截了当了。

褚水蕴　我是做什么工作的？方式我多了，就看我用不用，怎么用。

郝山村听这话，一语双关，怎么都像在暗示他。

【闪回结束】

郝山村　小孙，请齐嘉明查查，我夫人褚水蕴家有没有这么一个舅舅。

郝山村指了指举报信。

11. 市委 / 办公室 / 晨 内

郝山村注意到办公桌上文件的排列被弄乱了,那张不堪入目的照片被人动过,他猜到是谁了,他拨通了吴唯沁的电话。

郝山村 小吴,昨天到我办公室了?你动了我办公桌上的文件。

吴唯沁(电话中) 我看你办公桌上太乱了,担心文件丢失,整理了一下。

郝山村 你很细心,谢谢!

吴唯沁小心翼翼地问。

吴唯沁(电话中) 书记,有什么不妥吗?你昨天什么时候回来的?也不给我打个电话……喂,喂,你说话呀!

郝山村察觉到对方在流眼泪了,想了想,说。

郝山村 你看了不该看的东西,我要开会了,回头给你解释。

说完,不等对方开口,把电话挂了。

12. 市区 / 街道 / 晨 外

鲁鑫从七姐居住的一个小院出来,看上去鲁鑫有点偷偷摸摸、鬼鬼祟祟的样子。鲁鑫刚走到一个拐角处,阿朵阿花直挺挺地站在了他面前。

鲁鑫 阿花,你又在这站了一夜……

好痛苦的两个人。阿朵阿花先用手捂住鲁鑫的嘴,然后又紧紧地抱着鲁鑫的左臂,拉着鲁鑫朝前走……

阿朵阿花 走,我请你吃早餐,今天不要太累……

眼泪从阿朵阿花的眼里流出来,鲁鑫很感动。

13. 市委 / 办公室 / 日 内

仝卉拿着一束鲜花走进办公室，动作麻利地从包里拿出一个花瓶把花插上，这时，齐嘉明走了进来。

齐嘉明　新的一天，从欣赏美丽的鲜花开始！

仝卉　齐队长，你真浪漫，一进办公室就欣赏花，你欣赏的是什么花？

齐嘉明　当然是我们警官大学美丽的校花仝卉。

仝卉　嘴贫，算我自讨无趣。齐队长，你是诗人？

齐嘉明　一个没有时间写诗的诗人。你的拳脚功夫不错嘛！

仝卉　就拿一个花瓶，就被你看出来了。

齐嘉明　功夫的深浅，我能一眼看穿。

齐嘉明一边说，一边递给仝卉一个信封，这是他安排给仝卉的第一份工作。

齐嘉明　查查这个人。

仝卉打开信封拿出一张纸条。

仝卉　郝山村的"舅舅"……

14. 山村 / 民居 / 日 内

华婆婆一早起来给桑多做早餐。

一位远房的亲戚来电话说，有朋友帮华婆婆的丈夫桑多在崇岭市找了一份工作，说是请桑多去一家公司当会计，桑多心里不踏实，读中专的时候学的是会计专业没错，但是，毕业以后一直在村里当小学教师，去年眼睛实在不行了，老师也当不了了，干脆弄了一个小店铺，做起了小生意。让他去当会计，实在不靠谱。

华婆婆一边端稀饭，一边说。

华婆婆　老桑，是不是小伢仔在城里当大官了，要救济救济我们一家，帮我们发发财？

桑多　你不记得了？我们这个小店铺就是小伢仔帮着建的，有了这个小店铺，吃得饱饭，不要想发财的事，知足吧！

华婆婆　你误会我了，我也读了几天书，有自知之明。对了，你人生地不熟，到崇岭找谁去？

桑多　他们给了我一个联系人的电话，联系人是市委办公室的吴唯沁。

15. 市区 / 高铁站 / 日 外

吴唯沁接到了桑多，驱车朝"大华商场"驶去。

吴唯沁　桑老师，你好，我是市委办公室的吴唯沁，我们在电话里都认识了。是市政府江瑶副市长安排我来接你的，江市长说我做事细心周到，就给我派活了。

桑多　小吴同志，我们这是去哪？

吴唯沁　去商场，给你买一身衣服，江市长说，你是她亲戚，明天你就要当总会计师了，还是要体面一点，江市长很讲面子。

桑多　总会计师？买衣服？体面？可我没有带这么多钱。

吴唯沁　这你就不要操心了，江市长都安排好了。

汽车径直朝前开去。

16. 市区 / 工地办公室 / 日 内

鲁鑫坐在国家重点物资储备中心仓储项目配套工程"瞬达物流园"工地的办公室里，心慌得不得了，浑身冒虚汗，他知道自己透支得太厉害了。

鲁鑫心想，他和七姐的协议只剩一年了，熬过去就自由了，就可以好好爱阿朵阿花了。

鲁鑫发呆。

【闪回】

清晨，鲁鑫从床上下来，两条腿发软。

七姐　桌上是你的"租子钱"，你拿走，明天你就不用来了，注意安全。

鲁鑫从桌上拿走了两万元钱，他知道，明天换另外一个人了。

【闪回结束】

这时，阿朵阿花打来电话找他，没说上几句话，鲁鑫突然放声大哭。

鲁鑫　我不干了，我要疯了！

电话那一头，阿朵阿花以泪洗面。

17. 市区 / 商场 / 日 外

吴唯沁拎着大包小包的衣服和日常生活用品走出来，桑多紧跟其后，在她的身后不停地唠叨。

桑多　我不要这些衣服、物品，太贵了，我一辈子也挣不了这么多钱还你。

吴唯沁有点不耐烦了。

吴唯沁　我给你说了多少遍，这些衣服和日用品是送给你的，不要你的钱。

吴唯沁说着就硬往外冲。

桑多　吴同志，你要耍横是吧，那我就让你出不了这门。

桑多挡住了吴唯沁出去的路。

围观的人越来越多，他们还认为是桑多要打劫。

18. 市区 / 市政府办公室 / 日 内

副市长江瑶在打电话，江瑶在工作上的果断和有魄力是出了名的，江瑶激动且愤怒的声音。

江瑶　什么？流标了？这怎么可能？从工作原则到工作流程不都是会议上定的吗？你们是怎么执行的？你这个局长是怎么当的？

局长　江市长，我这是第一时间给你汇报情况，至于问题出在哪里，我马上安排手下查，一定会把问题搞清楚的。

江瑶　抓紧查，你们局的执行力怎么这样差！我问你，你们局的张翔副局长工作怎么样？我就不信他一个副局长就不听党的话，不听政府的，如果是腐败分子在兴风作浪，绝不轻饶。

局长　是，按江市长的指示办。

19. 市区 / 街道 / 日 外

仝卉和齐嘉明火急火燎地走着，仝卉对齐嘉明说。

仝卉　你让我寻找的"舅舅"有线索了……

齐嘉明　这里不适合说话，回去说。

他们正好路过"大华商场"，看见有人围观，以为是闹事，职业习惯让齐嘉明迎了上去，仝卉紧跟其后。

仝卉在人群里看见了吴唯沁，急忙走到吴唯沁面前。

仝卉　沁沁，怎么啦？

吴唯沁　卉卉，你来得正好，这是我远亲的舅舅，来我们崇岭市工作，这不，我说大老远来的，给他买一身衣服，舅舅节俭惯了，怕我多花钱，不情愿，让我去退衣物，还引来这么多人围观，让大家笑话了。

"舅舅"这两个字对仝卉来说，太敏感了，难道"舅舅"踏破铁鞋无觅处，得来全不费工夫？"舅舅"就在眼前，没有这么巧的事吧。

仝卉想给吴唯沁解围，给齐嘉明使了一个眼色，齐嘉明懂了，亮出了警官证。

齐嘉明　我是警察，大家都散了，他们俩的事，小事一桩，我们处理。

20. 市区 / 住宅小区 / 住宅楼 / 日 内

七姐在和一个叫老K的人说话，老K在七姐面前站得规规矩矩的。

老K　七姐，还有一个问题，你使的手段没用，根本拦不住郝山村，他还在查我们。

七姐　肯定不能让他查下去，先给他泼一点脏水，把他弄得不干净，搞他个鸡犬不宁，让他不能专心查。另外，我还有一张王牌没有打出去，我会想办法弄倒他的。

老K　这就好，你无论如何要拦住郝山村，再让他这样查下去，可能就要出大事了。

七姐　这一点，我很清楚，不需要你多嘴。还有，如果这个桑多不吃敬酒，就让他吃罚酒。

老K　让他怎么吃？

七姐　动动脑子！

21. 市委 / 办公室 / 日 内

郝山村正在开会，听取国家重点物资储备中心仓储项目配套工程建设的情况汇报。

仓储项目负责人　最近项目进展不是很顺利，原因是工程承包商的资金链断了，没有资金搞仓储项目配套工程建设，所以……

郝山村　资金链断了的原因是什么？

负责人　我们只了解大概，好像是承包仓储项目配套工程的公司在其他项目经营上亏损太大，把资金抽去救火了。

郝山村　什么项目？

负责人　开赌场。

郝山村　开赌场？岂有此理，胆大包天，胆大妄为，还有没有王法！国家重点物资储备中心仓储项目配套工程不能如期完成就是犯罪，是要坐牢的，如果不能按期完成项目建设，就抓人！

孙秘书进来，请郝山村接电话。

郝山村接电话，是齐嘉明打来的，说他们看到一个人，疑似他"舅舅"。

孙秘书呈给郝山村的省里转来的举报信说郝山村的"舅舅"违规获得了一个大项目，还说是郝山村插手招投标获得的，要郝山村大义灭亲，查自己的"舅舅"，证明自己是清白的。

郝山村（心里骂道）　卑鄙！

郝山村哭笑不得，疑似他"舅舅"，到底是不是？他需要的是肯定答复，而不是似是而非。

22. 市区 / 宿舍 / 日 内

阿朵阿花好不容易才盼到鲁鑫有一个"不上班"的夜晚,她买了一点肉和菜,准备给鲁鑫好好做一顿饭。

鲁鑫 阿花,你对我越好,我越有负罪感,我不干不净的,我对不起你,我配不上你,我们分手吧!你这么美丽的一朵花,不能插在我这个牛屎巴上了。

阿朵阿花 你对我好,我知道,你身不由己,我知道。你的身体这么差,心脏又不太好,在这种时候,我不忍心离开你,我们从小青梅竹马,感情深厚,我能说走就走吗?

鲁鑫 阿花,我明白你的心意,你是在可怜我,你迟早是要走的,晚走还不如早走,你走吧,我已经是一个废人了,会拖累你。

阿朵阿花 还记得我们一起去看红宝石展览时,在璀璨夺目的红宝石面前,你对我说的话吗?

鲁鑫 记得,我要用毕生的努力,为你买一颗红宝石!

阿朵阿花 但是现在,我不需要红宝石了,你离开魔鬼七姐吧!

鲁鑫 我签了"卖身契",七姐她心狠手辣,走不了啊!

阿朵阿花 那就和她拼了!

鲁鑫 怎么拼?

阿朵阿花 那天,红宝石失窃那天,我的直觉告诉我,红宝石一定是七姐派人偷的,我们举报她,她进了监狱,就没有人折磨你了。

提到红宝石失窃案,鲁鑫有点心虚。

鲁鑫 我也怀疑她,我也想这么做,可惜我们没有证据啊!我们斗不过她的。

23. 市委 / 办公室 / 日 内

齐嘉明打电话了解"疑似舅舅"桑多的家庭背景，仝卉在看有关红宝石失窃案的资料，资料上说，红宝石失窃的那天，阿朵阿花和鲁鑫就在现场，警方还询问过阿朵阿花和鲁鑫。

仝卉　齐队长，我是不是该去会会阿朵阿花，了解一下当时现场的情况？

齐嘉明　有必要，你去，她可能说真话。

仝卉　难道她过去说的是假话？

齐嘉明　那倒未必，你见了她，谈了，再做判断。

仝卉点点头。

仝卉　我查证了，郝山村书记的妻子褚水蕴的母亲没有亲兄弟，所以，褚水蕴没有舅舅，但是，郝山村书记的妈妈认了一个弟弟桑多，现在广为人知的"舅舅"是不是这个"桑多舅舅"？

齐嘉明　应该是。

仝卉　你肯定？

齐嘉明　肯定，我们看到的是一个被胁迫的"舅舅"。

仝卉　这就有意思了。

24. 市区 / 工地 / 日 内

桑多来到国家重点物资储备中心仓储项目配套工程工地走马上任了，公司总经理洪火热情接待他，又是倒茶又是递烟，忙得不亦乐乎。

洪火　舅舅来了就好，公司正缺高级财务人员，过去的那些财务人员不懂专业，搞得一塌糊涂，还说公司亏损了，你看，我们的建设工地热火朝天，一片兴旺，那些人犯红眼病，造谣，造谣。

桑多被洪火这一番话搞得丈二和尚摸不着头脑。

桑多　你们是不是弄错了，我哪是什么高级财务人员？我当不了你们的会计师，我回去了。

"咔嚓""咔嚓"，手机照相机照个不停。

洪火　不要谦虚了，把桑总送到办公室。

几个人把桑多架进了"地下办公室"。

25. 市区 / 住宅楼 / 日 内

七姐的手机传来几张照片，是桑多"上任"时拍的，七姐舒了一口气，但她知道这才是开始，要利用桑多大造舆论，桑多上不上套，关系着她的计划的成败，她不能输。

鲁鑫来了，七姐开门。

七姐　我刚听说郝山村去国家重点物资储备中心仓储项目配套工程工地考察去了，这个项目出问题了？这个项目是"通天"的，如果出问题弄不好要出人命的。

鲁鑫　当初是你要我把这个项目二包转出去，这几年，对这个项目我是避而远之，现在的情况不清楚。

七姐　你啊！把自己撇得干净。

这时，七姐不小心从一本书里弄掉了一张照片，鲁鑫从地上捡起照片，是七个美女的合影。七姐一看，把照片抢在手里，往事真是不堪回首。

【闪回】

镜头一　七个美女在河边嬉戏，河岸上坐着几个男人，这时走来一个青年男子，青年男子一眼就看中了长得最漂亮的七姐，露出阴险狡诈的笑。

　　镜头二　　七姐被人带到一个中年美男子（宋先生）的房间，美男子一边动手动脚想给七姐脱衣服，一边说。

　　美男子　　过了我这一关，你就会飞黄腾达，我保证你明天就当科长。

　　七姐　　我对当科长没有兴趣。

　　美男子　　桌上的钱你有兴趣吗？你依了我，钱就是你的，你来一次我给一次，你不会拒绝钱吧！

　　七姐　　我对钱没有兴趣。

　　恼羞成怒的美男子，气急败坏的美男子，无法无天的美男子。

　　美男子　　你当我的女人有没有兴趣？

　　粗暴的他，任性的他，毫无道理可讲的他，把七姐推倒在地上……

　　镜头三　　一姐水仙、二姐芙蓉、三姐牡丹、四姐莲花、五姐蔷薇、六姐雪莲、七姐茉莉，七姐妹聚在一起，恭喜七姐茉莉升迁为市建委招投标处处长。

　　六个姐妹是真的羡慕七姐。

　　六姐　　恭喜七姐再升一级，照这个速度，过不了几年，七姐该当市长了吧！还是七姐手段高明，我们六个自愧不如，以后就靠七姐罩着我们了。

　　七姐端起酒杯，酒杯里的七姐面部麻木甚至开始扭曲。

　　【闪回结束】

　　七姐　　鲁鑫……关灯睡觉了。

26. 市区 / 宿舍 / 晨 内

　　清晨，鲁鑫回到住所，他感觉特别不好，便拿出手机给阿朵阿花打电话。他心里的秘密必须说了，否则这些秘密就要被自己带到另外一个世界，不能便宜了这些狗东西。

鲁鑫　阿朵阿花吗？我感觉特别不好，我担心自己活不过今天了。

阿朵阿花（电话中）　不要胡说，你身体没有这么差，很好的，就是太累了，好好休息几天就会好的。

鲁鑫　没这么简单，你抓紧过来，我有话要说。

鲁鑫一边打电话，一边打开抽屉取出一支笔，非常吃力地在自己手心里写上阿朵阿花的生日。

阿朵阿花（电话中）　好，我马上过来。

鲁鑫挂了电话，心一紧，突然一下趴在地上，断气了。

27. 市区 / 道路 / 日 外

阿朵阿花放下电话，才意识到问题的严重性，她分析，鲁鑫不会无缘无故地给她打这个电话，一定是鲁鑫的身体出问题了，鲁鑫肯定有话要说或者有事要交代，她开始觉得事态严重了。

阿朵阿花打电话。

阿朵阿花　卉卉，你快来，我担心鲁鑫出事，好的，你叫上沁沁，我没有时间给她打电话了。

仝卉（电话中）　好的，你别着急，慢慢走，注意安全，我马上到。

当阿朵阿花跌跌撞撞地来到鲁鑫的宿舍的时候，看到了最悲惨的一幕，鲁鑫趴在地上死了。

阿朵阿花注意到，鲁鑫的手是张开的，手心上有一串数字，她记住了数字，用纸巾擦掉鲁鑫手心的数字。悲伤难抑，阿朵阿花昏了过去。

这一切被刚到门边的一个小伙子（老K）看到了。

仝卉进屋，看到了躺在地上的鲁鑫和阿朵阿花，她马上打110报警。这时齐嘉明也赶到了，吴唯沁也赶到了，看到现场，吴唯沁被吓住了，紧紧抓住仝卉的手不放。

齐嘉明　保护现场，仝卉，看看有没有什么重要的东西。

仝卉心领神会，几分钟后，仝卉在鲁鑫衣柜的夹层里发现了鲁鑫和七姐的协议，她没有出声，只是向齐嘉明点点头，把协议放在了自己的包里。

28. 市区 / 住所 / 日 内

七姐担心鲁鑫的死，更担心鲁鑫手上的协议，要是协议落在仝卉、齐嘉明手里，她就暴露了。七姐打电话。

七姐　是老 K 吗？有一件事，你必须做好……

老 K　是，你放心。

29. 市区 / 政府办公室 / 日 内

崇岭市副市长江瑶忙了一上午，给吴唯沁打电话。

江瑶　唯沁，你昨天为了帮我的忙，受委屈了，辛苦了，姐姐想感谢你，中午我请你吃饭？

江副市长请吃饭，吴唯沁受宠若惊，她急忙说。

吴唯沁（电话中）　江市长交代的工作任务我是一定要做好的，谢谢市长厚爱，中午我请市长您。

江瑶　唯沁成熟了，话说得好听了，为你的进步高兴。你一个小青年还要谈恋爱成家，哪有这么多钱，还是我请你，不见不散。

吴唯沁（电话中）　市长，还是我请您。

吴唯沁若有所思地放下电话，上次是接"舅舅"，不知江市长这次又要她做什么了。

30. 市区 / 医院 / 日 内

仝卉、吴唯沁在医院里守着阿朵阿花。阿朵阿花静静地躺在病床上，仝卉有话对阿朵阿花说，希望她早日从昏迷中醒来。

这时，吴唯沁走到仝卉面前。

吴唯沁　卉姐，我要上班了，我走了。

仝卉　好，唯沁，还是那句话，多动脑子，与人打交道不要被表面现象迷惑。

吴唯沁点点头。

吴唯沁刚走，阿朵阿花醒来了，仝卉急忙把门关上，就在关窗的瞬间，她注意到，齐嘉明就在窗外，她看了齐嘉明一眼，齐嘉明明白她要干什么，对她也点点头。

仝卉　阿花，我有话问你，你一定要如实地告诉我。

阿朵阿花　你这是在办案吗？

仝卉　你说实话就行。

阿朵阿花点点头。

仝卉　五年前，红宝石失窃的那天，你在现场？

阿朵阿花　五年前的事你们还在查吗？我记得已经结案了，公安局的同志已经问过我和鲁鑫了，该说的我们都说了，还有什么不清楚的吗？

仝卉　阿花，也许别人清楚了，但我不清楚，因为工作需要，你能不能把你经历的事情的全过程再给我说一遍？

阿朵阿花　可以，看在我们是好姐妹的情面上。

【闪回】

恋爱中的阿朵阿花拉着鲁鑫参观红宝石展。

那时的阿朵阿花年轻貌美，有心仪之人的呵护，满面的幸福。在舞台上光彩照人的她，刚走红就遇见了鲁鑫，是一次不寻常的相识，一次见义勇为，阿朵阿花认识了鲁鑫，她认为鲁鑫很正直、很仗义，有安全感，便同意和鲁鑫谈恋爱。

鲁鑫能有漂亮的舞蹈演员作为女朋友，幸福感也是满满的，生怕自己辜负了阿朵阿花，对她千好万好，满足她的一切心愿。

阿朵阿花说她最喜欢红宝石，鲁鑫就带她来看市对外友好协会组织的来自缅甸的红宝石展览。在一颗 20.9 克拉的红宝石面前，鲁鑫对阿朵阿花许下了愿望。

鲁鑫　阿花，你对我这么好，我无以为报。

阿朵阿花　我们俩都能挣钱，生活不是问题，我是农村出来的孩子，虽然在舞蹈上有点名气，但我不图虚名，我想要的是实实在在的生活，有你的爱，我知足了，和我在一起，你不要有压力。

鲁鑫　阿花，我一定努力奋斗，努力挣钱，一定给你买一颗像样的红宝石，等买了红宝石，我就娶你。

阿朵阿花感动地点点头，一对幸福的人儿深情相拥，但是，阿朵阿花万万没有想到，这一拥抱，挡住了摄像头。

就在这时，停电了，三分钟后，供电恢复了，20.9 克拉的红宝石却不翼而飞了。

【闪回结束】

仝卉　在整个过程中，你有没有发现什么异常？

阿朵阿花摇摇头。

仝卉　你再好好想想，比如说，你身边有没有可疑的人？

阿朵阿花没有马上回答，仝卉的话好像提醒她了，阿朵阿花似乎感觉到，那一天，不远处有一人对鲁鑫点了一下头，鲁鑫好像也点了一下头，紧接着灯就熄了。阿朵阿花突然神经质地紧张起来,难道鲁鑫是同案犯……太可怕了!

但她没有说出来。

31. 市区 / 咖啡厅 / 日 内

为了表示诚意,吴唯沁先到了咖啡厅,不一会儿,江瑶来了,服务生很快就把套餐送上来了。

吴唯沁 不好意思啊,江市长,吃这些东西简单了一点,您不要嫌弃。

江瑶 唯沁,不要客气,我像你这么大的时候,能吃上这么好的套餐,是大福气了。

吴唯沁 江市长的成长经历肯定是一笔宝贵财富,您要多给我们青年人传授经验,我们的成长需要江市长的指导。

江瑶 小吴真是人才,口齿伶俐,说话得体,难怪郝山村书记这么器重你,喜欢你。

吴唯沁 江市长言重了,我一个小科长,工作又做得不好,郝书记不批评就谢天谢地了,哪来的器重和喜欢。

江瑶 你看你看,还不好意思了。郝山村不但器重你、喜欢你,将来还会提拔你。脸红了,不承认吧!你的幸福就写在脸上,我都看出来的事你还装得下去吗?好好珍惜,好好把握!

吴唯沁心里的小九九被江瑶看穿了,吴唯沁急了。

吴唯沁 江市长……

江瑶 人生就是要不断上台阶,你要努力向上!

32. 市区 / 仓储项目工地 / 日 外

郝山村来到国家重点物资储备中心仓储项目配套工程工地，他要召开现场会，推进仓储项目配套工程建设。

一群人陪着郝山村参观，这好那好，净说没用的。郝山村心里明白，这些都是表面现象。

突然，郝山村看见一个人，从背影上看像熟人，他努力回忆，大脑有点分神了。

【闪回】

小时候的郝山村，骑在桑多的肩膀上，在打谷场上转圈。郝山村的爸爸是知青，有一天，爸爸、妈妈带着他返城了。很久很久以后，爸爸告诉他，桑叔叔来打谷场送他们一家，拿了许多好吃的，妈妈十分感动。

妈妈 桑多，我们走了，感谢你这几年对我们的照顾，以后我认你这个弟弟，有机会就来城里找我们。

桑多 姐，你们好了，别忘了来看我。

妈妈 我会带小伢仔来看你们的。

【闪回结束】

郝山村心想，难道这就是他们说的"舅舅"？他怎么会在这个工地上？

郝山村好像明白了什么，他警觉起来。

"开会，开会"的声音传来，郝山村快速走进会议室。

33. 市区 / 咖啡厅 / 日 内

吴唯沁 今天江市长约我吃饭，不会是只谈上台阶吧，一定是有什么工作要安排吧，我一定尽心做好。

江瑶　小吴，放松一点，你对我好像很有防备。

吴唯沁　市长多心了，我这是受宠若惊啊。

江瑶　那就好。

吴唯沁　上次接"舅舅"的事没有做好，我一直忐忑不安……

江瑶　你已经尽心了，我得好好感谢你，不过，这事过去了，不要在其他人面前提起。

吴唯沁　江市长放心，这个我懂，我是搞机要的。

江瑶　今天没事，我就是来和你聊聊天，聊聊你的爱情，怎么样，你不会说你不愿意谈吧！

吴唯沁　我得抓紧把自己嫁了，省得江市长为我操心。

江瑶　要嫁也要嫁一个称心如意的，对吧！我看郝山村书记对你不错呢！

吴唯沁　别提了，郝书记有家庭，再说，他是领导，对我而言是关心下级，是我自己单相思、一厢情愿，我下决心了，我再也不能有这种傻念头了，江市长您多多批评我。

江瑶　傻丫头，家庭是家庭，爱情是爱情，两样都要有。

这时，吴唯沁的手机响了，是郝山村的秘书打来的，吴唯沁向江瑶示意，她要接电话。

吴唯沁　孙秘书，有什么指示？

孙秘书（电话中）　郝书记请你到他办公室，有工作任务。

孙秘书的话，江瑶都听见了。

江瑶　机会来了，好好把握。

吴唯沁　好难得郝书记想起我，最近我们面都难得见，我哪有什么机会，算了，不想这事了，他每次叫我去都是一两句话就把我打发了。

吴唯沁心里一套，嘴上一套。

34. 市郊 / 墓地 / 日 外

阿朵阿花在鲁鑫墓前发誓,一定要为鲁鑫报仇。

远处的仝卉和齐嘉明走了过来。

仝卉　阿朵阿花,把你心中的秘密告诉我们吧!

阿朵阿花抬头看着仝卉和齐嘉明,仝卉的话好像提醒她了,她差一点把最重要的事忘了。

35. 市区 / 鲁鑫办公室 / 夜 内

阿朵阿花悄悄地来到鲁鑫的办公室,她发现已经有暗哨了,好在她知道有一个后门,便从后门溜进了鲁鑫的办公室,小心翼翼地朝办公室的内室走去。

【闪回】

鲁鑫和阿朵阿花在商场买衣服,鲁鑫拉着阿朵阿花的手说。

鲁鑫　阿花,我的办公室的内室里藏有一个保险柜,密码是你的生日,如果我出事了,我会把最重要的东西留给你。

阿朵阿花看着鲁鑫。

阿朵阿花　乌鸦嘴,你不会出事的!

【闪回结束】

阿朵阿花好不容易在内室找到保险柜。

36. 市区 / 道路 / 日 外

"舅舅"下班了，齐嘉明驾着车，仝卉坐在副驾驶位上，载着郝山村行驶在道路上，跟着"舅舅"往一个住宅小区走。他一定要搞清楚他的这个"舅舅"的来龙去脉。

郝山村等人跟着"舅舅"来到一个高档的住宅小区，在一栋小别墅前，"舅舅"下了车，被一左一右两人护着，仝卉用手机拍照。

看到这一幕，郝山村总算心里有点数了。

郝山村　顺着这条线，查下去。

齐嘉明、仝卉　是！

郝山村　还有，今天我来跟踪这个所谓的"舅舅"，不是我的职责所在，我和你们来到这里，只是一种工作体验，办案是你们的职责，我掌握情况就行。我今天之所以来，是想告诉你们，无论遇到什么困难和阻力，无论别人给我设置什么样的障碍，无论出现多少"舅舅"给我泼什么样的脏水，红宝石失窃案一定要坚决地查下去。

仝卉、齐嘉明　书记，明白！

37. 市区 / 鲁鑫宿舍 / 夜 外

两个影子翻墙进了鲁鑫的宿舍，是老K行动了。这一切都在仝卉和齐嘉明的视线范围内。

老K和另外一个人（鬼影）进了鲁鑫的宿舍后，耳边出现了七姐的画外音。

七姐（OS）　鲁鑫的衣柜有一个夹层……

老 K 在外值守，那人直奔衣柜而去，很顺利地找到了夹层，取出一个信封，里面装的是协议，他出来交给了老 K。

【闪回】

仝卉把协议重新放回衣柜的夹层里。

【闪回结束】

老 K 给七姐发微信　搞定！

七姐回了一个笑脸。

室外的仝卉和齐嘉明对视了一下，意思是鱼儿上钩了。

38. 市委 / 办公室 / 日 内

吴唯沁来到郝山村的办公室，时隔两天之后，郝山村和吴唯沁见面了，害得吴唯沁的心"砰砰砰"乱跳。

郝山村交给吴唯沁一个任务，把郝山村的母亲接到崇岭市，他要让母亲来崇岭市"看病"。

郝山村　小吴，我之所以请你去接我母亲，主要是考虑到你办事细心，考虑问题比较周到，我比较放心。

吴唯沁见郝山村衣服没穿好，靠近郝山村一步，给他拉了一下外衣，郝山村退后一步，压低嗓门说。

郝山村　这是办公室，注意影响。

吴唯沁心想，对我的影响，你注意了吗？

【闪回】

郝山村让吴唯沁开车送他去参加同学会。

郝山村喝多了，吴唯沁扶着他上楼。

吴唯沁从郝山村的皮包里拿出钥匙开门。

郝山村躺在床上，吴唯沁给他倒水，悉心照顾，无微不至。

坐在窗前的吴唯沁傻呆呆的，一直到天亮，她的心萌动了。

【闪回结束】

吴唯沁心想，郝山村，你要假正经我拦不住你。对了，照片的事一定要问问清楚。

吴唯沁　我有一件事要请教书记大人。

郝山村　什么事？

吴唯沁　你和一个女人睡觉的照片是怎么回事？

郝山村　你睡觉拍照片吗？讹诈，讹诈，你懂吗？这就是所谓的现代信息技术的应用，想摧毁你的精神防线，他们什么卑鄙的手段都敢用。

吴唯沁　噢。

这时，孙秘书进来了，吴唯沁非常不高兴，每到关键时刻，孙秘书就出现了，就像孙秘书能掐会算一样。

郝山村　小吴，那你就抓紧时间出发吧。

郝山村一副送客的样子。

吴唯沁　哼！

39. 市区 / 街头 / 日 外

微信里关于郝山村的谣言四起：郝山村的亲舅舅霸占了崇岭市 80% 的土建工程，等等。

人们在频频转发微信。

无风不起浪，省领导给郝山村打电话。

省领导　你们崇岭不平静啊！

郝山村　老领导，你的消息真灵通。

省领导　你是怎么想的？我想听听你的想法，关键时刻一定要把握好自己。

郝山村　该搏击了！一定是生死搏击。

郝山村放下电话，看微信，关于"舅舅"的谣言，他始终认为是一个阴谋，这件事彻底激怒了郝山村，在他的内心，吹响了生死搏击的冲锋号。

40. 市区 / 住宅 / 夜 内

阿朵阿花按照鲁鑫在手心里留给她的数字——阿朵阿花的生日，打开了保险柜，保险柜里有一个小包，她知道，这是鲁鑫留给她的"救命稻草"。

阿朵阿花把小包抱在胸前，泪流满面。

41. 市区 / 拳击馆 / 日 内

仝卉和齐嘉明来到拳击馆，齐嘉明一直想挑战仝卉，在拳击方面仝卉名气很大，齐嘉明总想找一个机会和仝卉过过招。

齐嘉明　今天终于有机会讨教几招了。

仝卉　真想和我过招？

齐嘉明　是虚心学习。

仝卉　完全可以，但是……

齐嘉明　我最讨厌听"但是"，没有"但是"行不行？

仝卉　完全可以，你得给我准备一套合适的拳击装备，我这个人有洁癖……

齐嘉明　行了，就你精，鬼点子多。

仝卉　言归正传，你谈谈案情！

齐嘉明　好，首先我们来说说缅甸红宝石被窃的动机，我觉得目的性很强……

42. 市区 / 住宅 / 小区花园 / 日 内

　　老K站在七姐的身边，七姐手里拿着她和鲁鑫的协议，她很庆幸，老K帮她找回了这份协议，消除了一个隐患，但是，她心里的痛还是挥之不去。

　　七姐长长地叹了一口气。

【闪回】

　　躺在床上的美男子（宋先生）和坐在床边的七姐。

　　美男子　小宝贝，别生气了，过几天，有一个缅甸来的红宝石展，我给你买一颗红宝石，作为你的生日礼物，好不好？

　　七姐　不好，我不要红宝石，我要你和我结婚。

　　美男子　结婚的事要慢慢来，不能急，我正在运作一件事，也许很快省委组织部就要来考察我了，也许我就要任省委常委了。

　　七姐　你干了这么多坏事，糟蹋了这么多良家妇女，还想着升官？我不干，我就要你和我结婚，我都有你的孩子了。

　　美男子　打掉，把孩子打掉。

　　七姐　我不干，我不要！

　　一把刀抵在七姐的胸口上。

　　美男子　命，要不要？

　　美男子来横的，七姐只好认栽，七姐像一只斗败的公鸡，没有脾气了。

　　七姐　你这个流氓，你不得好死……

【闪回结束】

　　七姐没有眼泪，只有愤怒，七姐今天的横，就是他教的。

43. 省城 / 办公室 / 日 内

省领导手里拿着一份材料在安排工作，尽管郝山村是他培养的干部，如果郝山村敢违反党纪国法，他决不轻饶。

省领导　省纪委安排你们这个工作组去崇岭市了解一下郝山村的近况，形成报告给我，我要看到一个真实的郝山村。

组长　好的，请领导放心，这件事我们一定办好。

44. 市区 / 住宅 / 小区花园 / 日 内

七姐在小区花园的亭中喝茶，老K匆匆而来。

老K　七姐，情况弄清楚了。郝山村书记交流到崇岭市工作以后，他的母亲并没有随他来崇岭市居住，而是留在原住地一个县城照顾其90岁的母亲，也就是郝山村的外婆，这一次，郝山村让吴唯沁去接的就是郝山村的母亲，目的是……

七姐　这个我知道了，老K，不管你们用什么办法，阻止她进崇岭市，阻止她见到桑多，你一定要做到，不能有差池。

老K　特殊情况下，可不可以采取极端措施？

七姐　怎么做，是你的事。

老K　明白，七姐放心。

七姐　桌上的是活动经费。

老K毫不客气地把钱拿走了，拿钱的事他很习惯。

45. 县城 / 道路 / 日 外

吴唯沁和两个青年男子驾着一辆车，带着郝山村的母亲行驶在县级公路上，一路上，吴唯沁尽心尽力地照顾郝妈妈，那感觉比亲娘还亲。

吴唯沁　郝妈妈，我给你削一个苹果，这苹果又脆又甜，可好吃了。

不一会儿，吴唯沁拿了一个靠枕放在郝妈妈的腰部。

吴唯沁　郝妈妈，坐久了，对腰不好，这样会舒服一点。

没想到，前方两辆大卡车撞在一起了，把路堵死了，要等交警来处理。

吴唯沁心想，哪有这么巧的事，莫非又是有人想害郝书记的母亲？吴唯沁不敢往深处想，越想越毛骨悚然，不能坐以待毙，要想办法找人来营救，吴唯沁拿出手机发微信求救。

吴唯沁给郝山村发微信　郝书记，我们在去往崇岭县境的公路上遇到交通事故，两辆大卡车撞在一起，路堵死了，不能通行，我担心出现意外，安全起见，您能不能请临县的警察同志来把郝妈妈接走？

郝山村给吴唯沁回微信　你担心出什么意外？有这么严重吗？

吴唯沁给郝山村发微信　不好说。如果郝妈妈有什么不好，我担不起责任。

郝山村给吴唯沁回微信　你等着。

46. 山区道路 / 小车 / 日 外

老 K 带着几个人朝着郝妈妈所坐汽车遇到交通事故的地方急驶而来。

老 K 耳边出现七姐的声音。

七姐　你马上赶到现场，把人绑了。

47. 山区道路 / 警车 / 日 外

另一个方向，临县警察驾车往郝妈妈遇到交通事故的地方急驶而来。警察耳边出现县领导的声音。

县领导　一定要保证郝妈妈的安全。

48. 市区 / 社区派出所 / 日 外

仝卉根据对潜进鲁鑫宿舍的两个人的跟踪，基本锁定了其中一个人可能是偷红宝石的盗贼。她带着一个助手，来到社区派出所，调查了解这个人的情况。

仝卉想起她和齐嘉明的争论。

【闪回】

齐嘉明　把这人抓了，一审讯，不就什么都清楚了吗？

仝卉　凭什么抓人？总得有一个理由。另外，抓了人打草惊蛇，估计线索就断了，我还是去把这个人的情况搞清楚为好，说不定会有新发现。

【闪回结束】

仝卉走进派出所的大门，已经有人等候她们了。

49. 墓地 / 鲁鑫墓前 / 日 外

七姐手里拿着协议，来到鲁鑫墓前，往事涌上心头……

【闪回】

年轻、帅气、高大的鲁鑫在咖啡屋等待七姐，漂亮的七姐出现了，谁都不会知道七姐是一位手握重权的美女。两人一见面，眼前一亮，郎才女貌，就彼此恭维了一阵，寒暄之后，七姐说正事了。

  七姐 你是宋先生介绍来的？

  鲁鑫 是的，宋先生是我远房的一个"老辈子"，对我家很关照的。

  七姐 我会看面相，你挺实诚，凭你帅气的一张脸，你已经把七姐我"拿翻了"。这个项目大约总投资十个亿，条件是什么？

  鲁鑫 给你工程造价的10%。

  七姐 小伙子，你小瞧七姐了。宋先生答应给我一颗红宝石的。

  鲁鑫 外加一颗红宝石，能得到你的倾心倾力吗？

鲁鑫施展美男功夫。

  七姐 也许可以，但是，小帅哥，你知道红宝石在哪里吗？

  鲁鑫 请七姐赐教。

  七姐 那你今天晚上到我家来，只要你让七姐我高兴了，我就会告诉你的。

【闪回结束】

无论如何，七姐对鲁鑫还是有感情的。

墓地前七姐表情严肃，露出杀气，她恶狠狠地把手中的协议撕了，协议碎片飘散在风中。

50. 市区 / 工地办公室 / 日 内

  省调查组的同志来到国家重点物资储备中心仓储项目配套工程工地，工程负责同志一阵寒暄，了解来意以后，便去把"舅舅"叫来了。

  省调查组的同志与"舅舅"交谈。

  调查组同志 请问你是桑多吗？请出示你的身份证。

假桑多提供假身份证，调查组同志看了没有发现问题。

调查组同志　我们需要了解一下情况，你能配合吗？

假桑多　可以。

假桑多非常沉着冷静，看上去很老练，没有破绽，他几乎是对答自如，全盘托出，这么好的思维和口才，这倒让省调查组的同志感到意外。

当然，省调查组的同志也不是吃素的，越是没有破绽，说明越有问题，只是问题在哪儿，他们还没有搞清楚。

51. 山区道路 / 小车 / 日 外

驾着车飞驰而来的老K来到吴唯沁面前。

老K　你是市委办公室的吴唯沁科长吧，我是市委郝山村书记派来接你们的，这里有危险，赶紧上我们的车。

老K不由分说，让人把吴唯沁和郝妈妈推上车，吴唯沁觉得不对劲，便对老K说。

吴唯沁　慢，你叫什么名字，在哪个单位工作？把你的身份证给我，我打个电话核实一下，我们不能糊里糊涂就跟着你们走了。

突然，吴唯沁和郝妈妈身后出现两人，用毛巾捂住吴唯沁和郝妈妈的鼻子，吴唯沁和郝妈妈昏迷过去。

52. 山区道路 / 出事现场 / 日 外

临县的警察赶到出事地点，除了吴唯沁的车以外，空无一人，警察预感到又出事了，打电话报告。

53. 市区 / 拳击馆 / 日 内

郝山村出手极快，每一拳都击中沙袋"要害"。

急匆匆跑进拳击馆的孙秘书带来不好的消息，郝妈妈和吴唯沁失踪了，可能是被人劫持了。

听到郝妈妈失踪消息的那一瞬间，郝山村震怒了。

郝山村向沙袋猛击一拳。郝山村大吼。

郝山村　有本事，你冲着我来，拿我母亲胁迫我，算什么东西，你还是人吗？

郝山村向着沙袋不停出手，真正的搏击开始了。

54. 市区 / 社区派出所 / 日 外

仝卉走出派出所的大门，齐嘉明已经在门外等候了，齐嘉明开车来接仝卉，她感到了温暖，齐嘉明让仝卉感动了，但现在不是表达感情的时候，仝卉控制着情绪，匆匆上车。

仝卉一上车就对齐嘉明得意地说。

仝卉　你今天的表现加分了，go on（继续）！那人我搞定了。

齐嘉明　鬼影找到了？

仝卉　八九不离十吧。

齐嘉明看着仝卉得意的样子。

仝卉　我觉得阿朵阿花没有和我们说实话，或者她还没有把话说透，她有保留，我觉得应该想办法突破阿朵阿花。

齐嘉明对仝卉竖起大拇指。

55. 市区 / 住宅区 / 宿舍 / 日 内

阿朵阿花手里抱着鲁鑫留下的小包，几次想打开但都犹豫了，小包里，有鲁鑫留给她的红宝石挂坠。

阿朵阿花不敢面对鲁鑫留下的东西，她怕知道真实情况，有些事也许不知道还要好些，还要安全一些。正当她犹豫的时候，仝卉来了。阿朵阿花赶紧把小包藏起来。

仝卉　心里的斗争很激烈吧！

阿朵阿花　被你看穿了。

仝卉　逃避不会给你带来安全，你想被动地保守秘密，别人是不会同意的，你的安全同样没有保障。

阿朵阿花　鲁鑫死了，我一个小女子无依无靠，我能做什么？

仝卉　把你知道的秘密告诉我们，将迫害鲁鑫的那些坏蛋绳之以法，你才有真正的安全。

阿朵阿花　道理我都懂，你能做到绳之以法吗？

仝卉　我发誓，我能。

阿朵阿花　仝卉，我们不是演员，我们不是在演电视剧。

仝卉　我的使命不是演戏，而是为民除害！我们是这么多年的好姐妹，我说过不靠谱的话吗？你无论如何要相信我。

阿朵阿花心里非常明白，此时此刻，好姐妹仝卉也许真是她的依靠了，但是，还没有到她交出小包的时候。

56. 市区 / 公园 / 日 外

这是七姐和宋先生常来的地方，公园的雕塑前宋先生给七姐拍照，留下七姐美丽的笑容。

七姐的回忆。

【闪回】

七姐在医院做人流手术，她急切地盼望宋先生的出现。这时，医生来了。

医生　小妹，你先生还不来？我们不能等了，排队做手术的人太多，要不是宋常委给方市长打招呼，方市长给我们院长打招呼，这人流手术还轮不到你。

七姐　医生，你都知道是宋常委打的招呼，你就再给我一个面子，再等五分钟，他答应我要来的。

这时，一个小伙子跑了过来，七姐认识他，是五哥。

七姐　五哥，你可来了，宋常委呢？

五哥贴着七姐的耳朵说。

五哥　宋常委被省纪委的人带走了。

七姐一听差点晕过去了，手里紧紧攥住挂在脖子上的宋常委送给她的红宝石。

医生也会看势头，阴阳怪气地说。

医生　还要等吗？如果你要等，我叫下一个了。

七姐　做吧！

泪流满面的七姐。

【闪回结束】

七姐明白，郝山村的调查一定提速了，也许自己很快就要进去了，但她不甘心束手就擒。

垂死也要挣扎。

57. 市区 / 道路 / 小车 / 日 内

齐嘉明驾着车行驶在城区道路上。

齐嘉明　仝卉，你是怎么知道进鲁鑫屋里偷协议的人就是鬼影？

仝卉　容我暂时保密，到了揭秘的时候我会告诉你的。

齐嘉明　你这是对我不信任。

仝卉　不对，是我还没有完全确定，底气不足。

齐嘉明　正因为如此，你才应该把情况告诉我，我们一起分析判断。

仝卉　好吧，为了信任，我说。那天，我们去展览馆现场勘察，你还记得红宝石被盗时留下的四个手指的手印吗？

齐嘉明　进屋偷协议的人是四个手指吗？你看清楚了？

仝卉　我哪有这么好的眼力，我看到的也是手印。

齐嘉明佩服地看着仝卉。

仝卉　另外，三天后，你一定要找到真舅舅。

齐嘉明　你也认为省调查组接触的"舅舅"是假的？

仝卉点点头。

仝卉　是的，调查组也有疑问。

齐嘉明盘算，如果认定那个"舅舅"是假的，真舅舅哪里去了？我去哪里找？

58. 市郊 / 废弃工地 / 日 外

　　吴唯沁和郝妈妈被一群人带到了城郊一个废弃的工地的破厂房里，不一会儿，吴唯沁醒来了，她和郝妈妈的手都被绑着，她见身边的郝妈妈还在昏迷中，就用肩膀去推郝妈妈，不一会儿郝妈妈也醒来了，郝妈妈正要呼喊，吴唯沁示意她不要说话，郝妈妈只好闭嘴。

　　吴唯沁一直装昏迷，她要郝妈妈闭着眼麻痹看守，的确，看守也放松了警惕。

　　不久，吴唯沁说要去方便，看守只好解开她的手，情急中，吴唯沁从内衣里拿出一个手机，很隐秘地给郝山村发了一个定位。

　　吴唯沁长长地出了一口气。

59. 市区 / 办公室 / 日 内

　　焦急中的郝山村终于收到了吴唯沁发来的定位，知道人还活着，郝山村悬着的心落地了。

【闪回】

　　办公室里，郝山村交给吴唯沁一个手机。

郝山村　这个手机你带着，关键时刻，也许会发挥作用。

　　吴唯沁手里拿着两个手机，她正在用心地体会郝山村说的"关键时刻"。

【闪回结束】

　　郝山村立即将微信定位转发给了市公安局局长，他知道公安局局长应该知道怎么做。

60. 市区 / 工地 / 日 外

省调查组的同志和郝山村交换意见，认为举报信中所举报的情况基本属实，郝山村的确有一个舅舅（母亲认的弟弟）叫桑多，利用他的影响，通过不正当竞争获得国家重点物资储备中心仓储项目配套工程项目，希望郝山村如实地向组织陈述事实真相，等待组织的处理。

齐嘉明认为省调查组的结论不够慎重，他怀疑省调查组认定的舅舅的真实性，齐嘉明想到工地找到证据。

齐嘉明来到工地，说自己做生意亏本了，来打工混口饭吃，再寻机东山再起。

有一个人似乎看破了齐嘉明的来意，告诉他，晚上有"鬼"叫声，让他小心。

齐嘉明　兄弟，什么地方有"鬼"叫声？你告诉我，我很好奇，想亲自抓"鬼"。

兄弟　我看你不像好奇之人，你是有备而来，不过，我只要这个数，什么都给你说。

这人伸出一个巴掌。

齐嘉明担心对方有诈。

齐嘉明　算了，我离"鬼"远点，抓"鬼"是笑谈，再说，我也没有这么多钱。

齐嘉明也伸出一个巴掌。

对于齐嘉明来说，知道这里有"鬼"就足够了。

门缝里有人看他们，齐嘉明被盯上了。

61. 省城 / 办公室 / 日 内

省调查组的同志向省领导汇报崇岭市的调查情况。

省领导 不错,不错,你们的戏演得不错,郝山村书记被你们蒙住了吗?假舅舅你们认定了,真舅舅就需要郝山村去寻找了。

调查组同志 领导,还需要我们做什么?

省领导 待命,好戏马上就要开演,你们还有上场的机会。

62. 市郊 / 废弃工地 / 夜 外

警察包围了工棚,老K等人一无所知,还在"斗地主",老K说要出去洒野尿,便起身出去。

老K一出门就觉得不对劲,静得连风声都听不见,他警觉地叫站岗的人。

老K 小冬瓜,小冬瓜……

无人应答,老K似乎看见有许多人影在晃动。

警察 小心,不要发出声音。

这句话被老K听见了,狡猾的老K心想,不好,一定是警察来了,要出事。老K趁着夜色跑了。

63. 市区 / 工地 / 夜 外

齐嘉明开始在工地上寻找舅舅。

齐嘉明锁定了有地下室的几栋楼,然后他找房屋的出气口,根据气味来判断室内人的状态,他终于又锁定了一栋楼,楼内冒出肉体的焦臭味。

齐嘉明找到了"鬼"发出声音和气味的地方,他向仝卉和公安局指挥中心发出暗号,便一步一步朝地下室走去。

当齐嘉明推开地下室的门的时候,他看见了奄奄一息的桑多,他快步走到桑多面前,正要给桑多解绳索,桑多大喊一声。

桑多　出去!

齐嘉明还没有反应过来,就被人打了一棒,晕了过去。

64. 市区 / 街道 / 夜 外

社区里,一个中年人出现,仝卉他们已经掌握了他的规律,每天这个时候一定来买烟。

仝卉在一个小卖部装上了摄像头。

仝卉派人跟踪,当中年人走到一个小卖部时,仝卉和她的同事已经把小卖部团团围住了,中年人说"买一包烟",售货员给了他一包烟,室内的摄像机里看到这只手只有四个手指头。

监控设备前的仝卉下命令。

仝卉　鬼影就是他,抓!

警察冲进小卖部。

65. 市郊 / 废弃工地 / 夜 外

警察和绑匪进行激烈的打斗,绑匪绝对不是训练有素的警察的对手,很快败下阵来。

警察冲进了关押郝妈妈和吴唯沁的房间,警察看到了被捆绑在地上的郝妈妈和吴唯沁。

郝妈妈和吴唯沁处于昏迷状态。

郝妈妈和吴唯沁被解救了。

66. 市区 / 警局 / 夜 内

仝卉等人正在看监控设备的摄像机，鬼影被顺利抓捕。

仝卉　这就是我们要找的鬼影。

这时，仝卉收到了齐嘉明发来的微信："99找到，我有危险，快来解救99，地址……"

"99"是齐嘉明和仝卉约定的暗语，意思是"舅舅"。

仝卉立即和公安局指挥中心联系，指挥中心的同志告诉她，他们也收到了齐嘉明的信息，准备马上出警。

指挥中心命令仝卉参与解救人质和齐嘉明的行动。

仝卉　是，服从命令，我马上和你们会合。

67. 市区 / 工地 / 地下室 / 夜 内

地下室里，齐嘉明醒来，看到了奄奄一息的桑多，桑多念念有词地对齐嘉明说。

桑多　他们要陷害小伢仔，他们要陷害小伢仔，你要想办法揭穿他们啊！

齐嘉明　小伢仔是不是郝山村书记？

桑多点点头。

一个老板模样的人走了进来，身后还跟着一个派头很大的人（宋常委）。

老板 哈哈，齐警官，我们认识认识。

齐嘉明 你们的消息很灵嘛，还知道我是齐警官，厉害！不用客套了，有话就直截了当说吧。

有派头的人说话了。

宋常委 齐警官，我知道你会来，是郝山村交给你的任务吧，你想完成任务，需要我的帮助。

齐嘉明 宋常委吧！保外就医保不了你的犯罪事实。我不需要你的所谓帮助，我只希望你看清楚形势，如果你再不收手，你的末日就要到了。宋常委，你信不信，只要我走出这个地下室，你就一定会被收监。

宋常委 你的侦查工作的确做得很好，没想到你揭了我的老底，既然你知道我是宋常委，知道我保外就医，你就不可能走出这间地下室了。

齐嘉明 只要能够把你押上人民的审判台，我出不出去已经不重要了。

宋常委 你想为理想信仰献身，我成全你！

有人狠狠地打了齐嘉明一棒。

齐嘉明昏迷过去。

68. 市区 / 医院 / 日 内

郝妈妈和吴唯沁躺在医院的病房里。

郝妈妈听到了郝山村的脚步声，这脚步声，郝妈妈实在是太熟悉了。

郝妈妈 山村，是你吗？

郝山村 妈妈，是我。

话音未落，郝山村走进病房。郝山村的目光同时看到了躺着的吴唯沁。吴唯沁装昏迷，她不愿意大庭广众之下郝山村关心她，但这次不同，吴唯沁为了他的母亲机智勇敢地斗歹徒，差一点丢命，郝山村还是很敬重她的，郝山村关心地说。

郝山村 唯沁，辛苦你了！

郝山村一句话值千金。吴唯沁装不过去了，慢慢睁开眼睛，她看到了郝山村的爱怜，心扑通扑通地跳，她再一次证实，郝山村是喜欢她的。

吴唯沁 书记，郝妈妈还好吧？

郝山村 妈妈挺好的。

这时褚水蕴律师出现了，夸张地高喊。

褚水蕴 妈妈！

郝妈妈把褚水蕴搂在怀里，褚水蕴说了一堆心疼郝妈妈的话，感动着郝妈妈。郝山村心想，褚水蕴也变了，会演戏了。

看到儿子郝山村和儿媳妇褚水蕴，泪流满面的郝妈妈对儿子说。

郝妈妈 儿子，你是不是得罪人了，是什么人要绑架我？当官危险，跟我回小县城种田去。

69. 市区 / 医院 / 日 内

仝卉和警方虽然成功解救了桑多和齐嘉明，但是桑多几乎成了植物人，什么知觉都没有。

齐嘉明被打得多处重伤，手术室里，医生正在全力抢救齐嘉明。遗憾的是，抢救无效，齐嘉明牺牲了。

齐嘉明是被活活打死的。

手术室的门打开，齐嘉明被推了出来，仝卉和阿朵阿花扑在了齐嘉明的身上。

拖着伤病身体的吴唯沁跑来了，吴唯沁死里逃生，三个女孩惊喜无比，仝卉、吴唯沁、阿朵阿花三个好朋友紧紧地抱在一起，欲哭无声。

地板上，大滴大滴的泪水……

70. 市区 / 街道 / 日 外

灵车缓缓而行，自动前来送行的群众站在道路两旁，胸前戴着小白花，手里拿着白菊花，寄托哀思。

吴唯沁、阿朵阿花来到路边为齐嘉明送行，褚水蕴陪着郝妈妈来给齐嘉明送行。

华婆婆推着桑多来到路边给齐嘉明送行，桑多表情麻木，但脸上挂着两行泪。华婆婆凑近他的耳朵说话，他似乎明白了。

桑多和郝妈妈相见了，华婆婆对郝妈妈说。

华婆婆　郝大姐，桑多说我们没有搞工程，没有参与什么招投标，我们被人设陷阱了！

郝妈妈　事情会搞清楚的，让桑多好好养病。

仝卉的眼泪流干了，拳头握紧了，两眼冒着火光。

墓地，郝山村站在齐嘉明遗像前为齐嘉明烈士送行，郝山村等人三鞠躬。

泪洒崇岭市。

71. 市区 / 住宅 / 日 内

七姐发脾气，老 K 一脸委屈。

七姐　弄了半天，没有伤着郝山村一根毫毛，反而激怒了郝山村，一旦郝山村抓住我们的把柄，我们就完蛋了，一定要尽快扳倒郝山村。

老 K　七姐，我们还有一招。

七姐　肯定是馊点子。

老 K　只要管用。

七姐　你心里的那点小九九我知道。

72. 市区 / 医院 / 病房 / 日 内

医院里，郝妈妈和吴唯沁仍然住一个病房。

郝妈妈好了许多，她一直在想问题，她不明白，为什么那些人要把桑多叫来当会计师，又把他弄到地下室打伤致残，还弄了一个假桑多来说假话。

郝妈妈　唯沁姑娘，你说是什么人这么狠？

吴唯沁　郝妈妈，他们是冲着郝书记来的，我听说郝书记在查一个大案，他们利用舅舅搞什么招投标给郝书记设陷阱，企图阻止他查腐败案件。

郝妈妈　原来如此，我就怀疑是郝山村得罪人了。这些人心太狠，心太狠。

吴唯沁　郝妈妈，郝山村书记处理事情很有智慧，你什么都不用怕。对了，我去给你买一只汽锅鸡，给你补补身体。

这时，吴唯沁的电话响了。对方说是市委办公室，让她取一个机要件，要及时给郝书记阅批。

吴唯沁没有多想就出门了。

73. 市区 / 住宅 / 日 内

老 K　七姐，有一件事我忘了，鲁鑫死的时候，我好像看见鲁鑫手上有一组数字，被人用纸巾擦过，应该是留给什么人的……

七姐　应该是保险柜密码，你怎么不早说？鲁鑫肯定留下了什么证据。

老K　一直想说，总忘这事。

七姐　鲁鑫死后，有谁先看到鲁鑫的尸体？

老K　阿朵阿花！

七姐　那你还等什么？等死？赶快去给我把阿朵阿花摆平。

74. 市区 / 医院 / 大门 / 日 外

吴唯沁一出医院大门，就有一个小伙子迎上来，说是市委办公室领导让他来接吴唯沁的。

吴唯沁上车后发现不对，这种车不符合机要工作的要求，根本不是取机要件的车，吴唯沁估计有诈，但是已经晚了。

吴唯沁庆幸自己带着两个手机。

75. 市区 / 住宅 / 日 内

阿朵阿花坐在房间里胡思乱想，鲁鑫死了，齐嘉明牺牲了，阿朵阿花感到很恐惧，下一个会不会是她？

这时仝卉来了。

仝卉　还要死多少人你才说实话？

阿朵阿花刚要张嘴说话，看到了窗外晃动的人影，阿朵阿化紧张起来。

76. 市区 / 办公室 / 日 内

郝山村接到吴唯沁的电话。

吴唯沁（电话中）　郝书记，快来救我。

电话挂断了，进来一条短信，是用吴唯沁的手机发的，这人说想和郝山村好好谈谈，只让他一个人来，否则，就等着给吴唯沁收尸。

接着发来的是见面地址。

郝山村知道吴唯沁被绑架了，这是敌人的阴谋，决战开始了。

郝山村拿出手机，给市公安局局长打电话。这时孙秘书进来，把一个"高精度微型电子跟踪器"戴在郝山村的皮带上。

孙秘书　仝卉让我给你戴上。

77. 市区 / 住宅 / 日 内

老 K 带着一伙人突然冲进阿朵阿花的家。

老 K　阿朵阿花，把鲁鑫留下的东西交出来！

阿朵阿花　鲁鑫什么都没有留下，即使有，我也绝对不会交给你。

老 K　给我搜，给我抢，一定要找到。

一阵打斗。

阿朵阿花和仝卉拼命抵抗，尽管仝卉拳脚功夫不错，但是，阿朵阿花太弱了，仝卉既要打匪徒，又要保护阿朵阿花，很难兼顾。

阿朵阿花的腹部被刺了一刀，受重伤了，她从怀里拿出一个带血的小包，交给仝卉。

阿朵阿花用虚弱的声音说。

阿朵阿花　这是鲁鑫留下的，你赶紧带走，用这些罪证去惩罚腐败分子。

阿朵阿花说完便晕死过去。

这时大批警察来了，匪徒见势不妙逃跑了，但阿朵阿花再也没有醒来。

仝卉　阿花！

仝卉的喊声撕心裂肺。

78. 市区 / 住宅 / 日 内

郝山村按时赴约。

郝山村在一个小伙子的引导下，来到一个大房间，他推开门就惊呆了，吴唯沁四肢全裸，身上盖着一块毛巾被平躺在一个大床上，室内三部摄像机从不同的角度对着吴唯沁，吴唯沁显然是挣扎累了，躺在床上喘着粗气，眼角淌着泪水。

吴唯沁　郝山村，你出去，千万不要上他们的套。

郝山村　吴唯沁，我来救你！

突然，郝山村已经被两个小伙押住，不能动弹。

远处，传来一个熟悉的声音。

江瑶（七姐）　哈哈哈哈，好一个英雄救美，郝山村，可惜你没有这个能力了。吴唯沁，你心中的白马王子来了，我们马上就要见证你们的爱情了。

吴唯沁听到了自己都不敢相信的声音。

吴唯沁　是江瑶副市长吗？你真的是女魔鬼吗？

江瑶　魔鬼不魔鬼这些都不重要了，我只想看一场好戏。老K，动手吧！

老K用一块毛巾捂住郝山村的口鼻，郝山村晕过去了。

江瑶　把郝山村的衣服扒了……

79. 市区 / 住宅 / 日 外

市公安局局长和仝卉等人跳下车，把这栋楼包围了。

80. 市区 / 住宅 / 日 内

昏迷中的郝山村的上衣被扒了。

吴唯沁大声哭喊。

吴唯沁　不要，不要！郝书记，他们要害你，我不能害你啊！郝书记！郝书记！你是好书记啊！我即使心里爱你，我也不能害你啊！

江瑶　哭有什么用，有本事你来改变这一切。

门被突然砸开。

仝卉　这里的一切，我们来改变！

老K　警察来了！给我打。

江瑶见势不妙，溜了。

仝卉有极高的拳击水平，打得老K等人到处逃窜。老K被抓住了，吴唯沁和郝山村被解救。

81. 看守所 / 审讯室 / 日 内

看守所里，仝卉在审讯鬼影。鬼影交代，红宝石是他盗的，鬼影家一穷二白的时候，鲁鑫接济过他家，但是穷透了的鬼影没有走正道，从小当了小偷，不过他偷盗的手艺不错，长大后，居然成了大盗。

【闪回】

鲁鑫找到鬼影，要鬼影盗红宝石。

鬼影　费用多少？10元！看在你帮助过我家的份儿上，这是优惠价。

鲁鑫　成交！

【闪回结束】

仝卉　鲁鑫一直在为谁服务？

鬼影　不知道。

仝卉　我们会搞清楚的。

82. 市区 / 公安局 / 日 内

仝卉在看鲁鑫留下来的材料。

鲁鑫留下的包里有一颗红宝石，是给阿朵阿花的，可惜阿朵阿花永远也看不见了。

仝卉的眼前出现一幅幅画面。

【闪回】

镜头一　鲁鑫找到长辈宋常委，请宋常委帮助获取国家重点物资储备中心仓储项目配套工程，宋常委将鲁鑫介绍给手握大权的江瑶。

镜头二　江瑶开出三个条件，一是鲁鑫要为她服务五年，二是宋常委承诺的红宝石要兑现，三是鲁鑫每获取一个项目，给江瑶工程造价10%的回扣。

镜头三　在鲁鑫和阿朵阿花的掩护下，鬼影偷了20.9克拉的红宝石，制造了惊天大案，造成极坏的国际影响。

镜头四　正在做流产手术的江瑶拿到了红宝石。

镜头五　鲁鑫把大笔现金给了江瑶。

【闪回结束】

仝卉　卑鄙无耻！

一个纪检干部进来。

干部　仝卉同志，仅仅是鲁鑫给江瑶的贿赂就达到 5300 万元，已经全部核实，证据确凿。

仝卉　我马上向上级汇报。

83. 市区 / 市委 / 会议室 / 日 内

市委书记郝山村听取了市纪委的汇报，并向省纪委进行了汇报。省纪委的意见非常明确：收网。

郝山村下令　收网！

市纪委书记　抓捕江瑶，将其留置，立即行动。

84. 市区 / 住宅 / 卧室 / 日 内

仝卉和带着留置证的纪检干部来到了江瑶（七姐）的住所，出示了证件。已经预计到这一天的江瑶极力让自己保持镇静。

江瑶　我化一下妆，跟你们走。

仝卉点头，并示意两个女工作人员贴身监督。

江瑶坐到化妆柜前，开始审视自己，她的一生装满了罪恶，她怎么向人民交代？

江瑶一会儿涂，一会儿描，终于差不多了，江瑶从抽屉里取出一个盒子，盒子里装的就是那颗闪耀的缅甸红宝石。突然，江瑶把红宝石吞进嘴里，一口气没有接上，气绝身亡。

红宝石结束了江瑶罪恶的人生。

85. 市郊 / 公墓 / 日 外

仝卉来到墓地看望齐嘉明，手捧菊花，三鞠躬。

郝山村来了，褚水蕴来了。

吴唯沁来了。

郝妈妈来了，坐在轮椅上的桑多和华婆婆来了。

公安干警来了，人民群众来了，手捧菊花，三鞠躬。

白色的菊花堆满了齐嘉明的墓前，寄托着人民的崇敬和哀思。

反腐英雄英灵长存！

全剧终

2023 年 5 月 20 日于贵阳

葛镜桥

编剧：曾 羽

故事大纲

公元1618年，在平越府，洒金谷的葛镜桥即将建成，这是当地乡贤葛镜30年的心血和艰辛。16岁的女孩尖尖美丽动人，她满心欢喜地为即将竣工的大桥精心准备着大红花。然而，她的美丽却引来知府张冲的邪念。葛镜桥即将竣工，葛镜满心欢喜地筹备着竣工典礼，同时也筹划着筒筒和尖尖的婚事，然而，命运却在这美妙的时刻陡然急转。竣工典礼当日，尖尖从轿中走出，为葛镜戴上大红花，之后，她为保贞节毅然决然从桥上跳下。筒筒见此情景，毫不犹豫地追随尖尖而去，在葛镜桥上留下了一段令人扼腕叹息的传奇故事。

时光流转，来到公元2004年，葛镜桥依旧静静地站在那里，变成了时代变迁的默默"见证人"。

副市长葛伟深陷仕途与家庭的双重危机之中，他正主持葛镜桥二期维修改造工程项目，他心怀不轨。池禹是市建设局科长，与团市委干部范舟舟是恋人，池禹和范舟舟都很正直，疾恶如仇，他们看出了葛伟的不善，在市公安局刑侦科科长侯茂的帮助下，收集到葛伟等人的犯罪证据，最终，葛伟被上级纪委调查。

葛镜桥,见证了历史的沧桑变迁,见证了权力与金钱的诱惑、家庭与道德的挣扎、爱情与危险的抉择以及正义与腐败的较量,但无论时代如何变迁,正义终将战胜邪恶。

人物表

主要人物:

古代:

葛　镜　　男,50岁,贵州平越府乡贤,葛镜桥的建造者。

张　冲　　男,35岁,平越知府。

筒　筒　　男,20岁,葛镜侄儿。

尖　尖　　女,16岁,筒筒未婚妻。

现代:

范舟舟　　女,25岁,职员,山峰市团市委干部。

池　禹　　男,28岁,职员,山峰市建设局干部。

泉　姐　　女,35岁,培训机构领导。

葛　伟　　男,44岁,山峰市政府领导。

商海洋　　男,49岁,山峰市民营企业老板,原名刁海霸,人称"大佬"。

侯　茂　　男,29岁,山峰市公安局刑侦科科长。

多　多　　女,26岁,导游。

佳　佳　　女,24岁,导游。

剧 本

【字幕】 公元 1618 年，平越府

1. 平越府 / 大街 / 日 外

沟壑万丈、溪流水绿、四通八达的平越府。

平越府东大街有足足的 500 米长，人们肩挑背扛，穿梭不息，叫卖吆喝，熙熙攘攘，好不热闹。

一幅生意兴隆的景象。

漂亮的 16 岁女孩尖尖一只手拿着一支万花筒，另一只手捧着一个红布扎的大红花，万花筒是尖尖给筒筒买的，筒筒喜欢看五彩缤纷的世界，大红花是给葛镜买的，桥修好了，葛镜必须戴上大红花，好好庆贺一番。

尖尖朝街东头的豆腐坊走去，尖尖按筒筒的吩咐去订豆腐，筒筒是葛镜的侄儿。

2. 平越府 / 府衙 / 日 外

福泉山上，张冲手持望远镜，看着横跨两岸就要竣工的大桥，他露出喜色。

张冲 备轿，我去洒金谷走走。葛镜说，桥建好就能给老百姓带来福气，我去看看葛镜的杰作能不能给老百姓带来好运。

望远镜里出现漂漂亮亮的尖尖，尖尖起伏的胸脯吸引了张冲的注意，让

张冲一阵阵激动、冲动,他的眼睛紧紧盯住尖尖,嘴里滴着口水。

张冲　我要娶上尖尖就好了,我的心尖尖。

下官　张知府,轿子来了。

张冲　哦,对了,走。

3. 洒金谷 / 工地 / 日 外

葛镜站在山上,看着基本成型的桥体,满意地点点头,多年的心愿,就要实现了,葛镜感觉很好。

葛镜　筒筒,竣工典礼准备好了吗?

筒筒　回老爷,准备好了,请先生看了,初八子时准时进行,还有五天。

葛镜　庆贺的宴席一定要办得体面一点,多买一点豆腐,乡亲们喜欢吃,要管够。

筒筒　老爷,你放心,尖尖在张罗,不会误事的。

葛镜　尖尖是一个好姑娘,我想,不如初八那天把你们的婚事一块办了,搞一个双喜临门。

筒筒　老爷,我明天才去尖尖家提亲,怕是来不及。

葛镜　尖尖的父亲去世前,我就和尖尖的父亲说好的,桥修好,就在桥上办喜事,让尖尖的父亲在桥下也高兴高兴,祭奠他的亡灵。

筒筒　老爷,我听你的。

筒筒暗喜。

4. 平越府 / 豆腐坊 / 日 外

  大锅冒着热腾腾的气，排队买豆腐的人总想往前串，生怕买不上豆腐。
  轿子在豆腐坊门前停下，差一点与急匆匆跑来的尖尖相撞。
  下官正要训斥尖尖，张冲说话了。
  张冲 小厮，休得无礼。
  尖尖趁机急匆匆进了豆腐坊。
  下官 知府大人，你就是太斯文了，你看我的，我去把尖尖给你"请"来。
  张冲 别！
  下官 知府大人，别什么？
  张冲 别动粗。

5. 洒金谷 / 工地 / 日 外

  横跨在洒金谷上的大桥张灯结彩，喜气洋洋，大桥竣工典礼就要进行，葛镜满面春风，充满着满足感。30年来的艰辛造桥就要大功告成，他的心抑制不住地激动。
  推着豆腐的十辆木车来了，老乡们都等着吃豆腐。
  筒筒站在大花轿边，护着大花轿来了，也是满面春风，但是，他没有想到，此时，轿子里的尖尖已是泪流满面。
  桥面上，最后一块石板铺上了，标志着大桥顺利完工。
  鞭炮响起来了，大伙在桥上跳的跳，唱的唱，真是欢天喜地。
  这时，尖尖从轿子里走了出来，她来到葛镜面前，给葛镜戴上大红花，跪下，给葛镜叩头。

尖尖　叩谢大恩人！叩谢葛老爷成全我和筒筒，我和筒筒来生再做夫妻吧！

突然，尖尖一跃而起，从桥上跳了下去。

筒筒的惊呼声。

筒筒　尖尖……

筒筒伸手去抓尖尖，一只脚没有站稳，也跟着尖尖掉了下去……

桥面上留下一支万花筒。

【推出片名】葛镜桥

【字幕】公元 2004 年，某市

6. 市区 / 培训中心 / 日 内

教室里，泉姐正在给导游培训班的学员们讲葛镜桥的故事，学员们目不转睛，听得很认真。

泉姐　同学们，你们有没有谁知道，见证筒筒和尖尖纯真爱情的婚礼是不是在葛镜桥上如期举行了？

多多　我知道，我爷爷给我说，举行了的，很热闹，只可惜……

佳佳　尖尖投河自尽了，筒筒为了表达对尖尖的爱，也……

多多　筒筒这是为什么？傻！

佳佳　不知道。

学员们都觉得尖尖和筒筒的这一跳不可思议，不可理解。

这时泉姐收到商海洋的一条微信："宝宝，老地方见。"

商海洋的微信就是命令，泉姐不得不去。泉姐心想，老地方不就是葛镜桥吗？每次都去葛镜桥，去烦了，这次我要让他出出血，换一个地方。趁学员们讨论正热烈，泉姐给商海洋发微信。

泉姐　嗯，可是，葛镜桥熟人太多，我们……我昨天看中一套衣服，我们去东方商场逛逛，你给我买啊，老抠，你不要"只打雷不下雨"。

商海洋回微信　想买衣服，小事一桩！

7. 市区 / 会议室 / 日 内

市政府大楼里，"洒金谷风景名胜区二期规划建设推进会议"正在举行，副市长兼景区管理委员会主任葛伟正在滔滔不绝地讲话，坐在会议室里的市建设局的科长池禹心不在焉，他不停地看手表，他和女朋友范舟舟约会的时间就要到了，每次约会都是他迟到，池禹心里非常过意不去。

葛伟　关于在洒金谷建设风景名胜区的重要性，我再说五点……

池禹心想，再说五点，起码还要一个小时。这个副市长怎么没有下班的概念，听说他有一个非常漂亮的妻子，再不回去，妻子都被别人拐走了。

池禹看着葛伟不慌不忙的样子，心里烦躁起来，坐不住了。

池禹和葛伟不同，池禹刚谈恋爱才三个月，正是热恋期，他心里老想着范舟舟，他心想，这个时候如果有分身术就好了，他就可以一边开会一边去见范舟舟了。

8. 市区 / 商场 / 日 内

团市委干部范舟舟看时间还早，就打算去东方商场逛逛。范舟舟马上就要过生日了，池禹说要送她一件礼物，让她先"侦查"一下，看看有没有自己喜欢的东西，看好了池禹去买。她和池禹谈恋爱虽然才三个月，她希望池禹正儿八经地给她买一件有意义的礼物，以表达池禹的真情真义。

范舟舟来到一家名牌女装柜台，有一件女装吸引了她，但更吸引人的是，范舟舟看见一个熟悉的女人和另一个不熟悉的男人肩靠着肩走了过来，范舟舟定眼一看，妈呀，女的是泉姐，她看见了不该看见的人，好在对方没有看见她，范舟舟急忙避开。

范舟舟心想，倒霉，出门遇到鬼了。

肩靠着肩的男女从范舟舟面前走过，看上去女的有点不情愿，扭扭捏捏的，有点被胁迫的感觉。

范舟舟好奇地跟了上去。

9. 市区 / 会议室 / 日 内

池禹心急火燎，葛伟还在侃侃而谈。

葛伟 这个洒金谷景区规划建设的难点就是葛镜桥的维护，怎么维修，市建设局要拿一个方案，该招标的就要抓紧招标。

这时，葛伟的手机显示四个字："目标出现！"

葛伟冷冷一笑，他的表情很可怕。他继续说。

葛伟 方案的事，池禹，你们建设局抓紧做一个嘛！你学的就是道桥这个专业，发挥你的优势。

池禹 市长，我可以做一个草案，供领导决策，正式方案必须是有资质的企业做，但是，今天已经晚了，是不是……

葛伟 想下班了？不急，我们还没有讨论完，我已经通知市政府办公室准备工作餐了。

池禹想，惨了！

10. 市区 / 商场 / 日 内

范舟舟确认与男子肩靠着肩的女人就是泉姐，她蒙了，泉姐是副市长葛伟的妻子，怎么和这个男人肩靠着肩走到一起。好奇心驱使范舟舟又跟了上去。

肩靠着肩的两人朝维纳斯宾馆走去。

11. 市区 / 宾馆 / 日 内

两人走进维纳斯宾馆。

范舟舟刚走到维纳斯宾馆门口就被保安拦住了，保安说宾馆里在执行紧急任务，临时管控，闲人不能进入。范舟舟指着前面的一男一女小声地说。

范舟舟　他们俩怎么能够进去？

保安　我接到的指令是，他们俩在配合执行任务。

范舟舟心想，真荒唐！他们明明是……怎么变成配合执行任务了？

范舟舟这才发现时间不早了，才想起她还有约会，她急忙朝约会地点走去。

12. 市区 / 会议室 / 日 内

时钟指到下午七点，葛伟还没有散会的意思，工作人员开始上盒饭了，这时，葛伟的手机进来一条信息："兔子进窝，抓不抓？"

葛伟的脸都气青了，猛地抓起一个饭盒，高高举起，轻轻放下，葛伟极力控制自己，拨通电话，小声地说。

葛伟 妥善处理！

在葛伟看来，毕竟，家丑不可外扬，不可把事情闹大。

池禹也不管会议结束不结束，趁大家狼吞虎咽吃盒饭的时候，溜出了会议室。

13. 洒金谷 / 葛镜桥 / 傍晚 外

范舟舟急匆匆来到葛镜桥上，好在池禹还没有到，她松了一口气，心里平衡了，她没有迟到，她不愿意每一次都是池禹等她，显得她不守时，毕竟池禹的工作也很重要，比她忙，她要理解他。

突然，她的身后出现一个人，这个人低声地说。

小翔 你是范舟舟小姐吧，你刚才在东方商场看见什么了？

范舟舟被小翔的问话吓坏了。

范舟舟 刚才？看见什么？我什么也没有看见！

这时，池禹的声音传来。

池禹 舟舟，舟舟，你到了吗？对不起，我迟到了。

小翔突然从身上抽出一把刀，压低嗓门对范舟舟说。

小翔 下午你在东方商场看见的人和事，如果说出去，我割了你的舌头。

说完小翔消失了。

被小翔吓得半死的范舟舟出了一身冷汗，突然，她如梦初醒般大叫起来。

范舟舟 池禹，我在这儿，救命！

不一会儿，池禹走来，看见池禹，范舟舟觉得安全了，她突然扑到池禹怀里，大声哭了起来。

14. 市区 / 宾馆 / 傍晚 内

宾馆十楼的1026号房门口，拉着泉姐的男人感觉情况不对，示意泉姐在门口等他，他先进房里看看是什么情况。他打开门，看见房里的沙发上坐着两个"帅哥"，急忙往后退，嘴里不停地说。

男人　抱歉，抱歉，我走错地方了！

房间里的这两个男人泉姐也看到了，泉姐一听和自己来的男人大声说抱歉，自己急忙离开。

15. 洒金谷 / 葛镜桥 / 傍晚 外

池禹不知发生了什么事，还以为是自己迟到，范舟舟不高兴。

池禹　舟舟，别生气，下次，下次我绝对不迟到了。

范舟舟　池禹，不怪你，是我今天遇见鬼了！

池禹不解。

池禹　这葛镜桥上有鬼？！

16. 住宅小区 / 葛伟家 / 清晨 内

清晨六点，泉姐就起床了，因为丈夫葛伟还没有醒，泉姐轻手轻脚地离开卧室，刚走到客厅，还没有坐下来，微信进来了。

商海洋　昨晚家里没事吧？

泉姐一看，是商海洋发来的。

泉姐回微信　没事！

泉姐看了微信，不知不觉忧伤起来，什么叫"没事"？"事"，马上就要来了。想到伤心处，泉姐的眼泪流了下来。

泉姐的妈妈来到泉姐背后，泉姐很快把眼泪擦了，这时，葛伟走到泉姐母女俩面前，故作轻松地说。

葛伟 今天泉姐做了什么好吃的？来，我们一起陪妈妈好好吃一顿早餐。

泉姐的妈妈纳闷了，觉得葛伟今天有点反常，一向脾气暴躁的葛伟，今天怎么这样客套？

17. 团市委 / 大院 / 日 外

范舟舟来到团市委上班，想着昨天发生的事，心里很烦，给池禹打电话。

范舟舟 池禹，今天下午下班后，有时间陪我逛逛吗？昨天的事发生后，好心烦，你陪我散散心。

范舟舟这么一说，池禹必须去了，因为他觉得范舟舟反常，他想知道这是为什么。

池禹对范舟舟很好，第一次见面印象就很好。

那天，范舟舟在主持一个知识竞赛的节目，池禹去当评委，当范舟舟在台上介绍年轻、帅气、才貌双全的池禹时，四目相对，心有灵犀，两个年轻人之间很快就起火花了。

池禹有心，范舟舟有意。

池禹对范舟舟发起了强攻，范舟舟心里本来就有三分情，所以很快就破防了，范舟舟成了池禹的第五任女朋友。池禹妈妈见过范舟舟后，特别喜欢，她希望范舟舟能够成为池禹的妻子而不仅仅是女朋友。范舟舟是池禹最心动的一任女朋友，所以，池禹也是朝着当丈夫的方向努力的。

池禹　舟舟，今天不管是不是天老爷主持会议，只要时间到了，我都会按时出现在你的面前。

范舟舟　池禹，你真好！给你一个飞吻！

18. 市政府 / 办公室 / 日 内

葛伟快步走进办公室，心好烦，没想到自己还真是被泉姐戴上了"绿帽子"，对方到底是谁？他很好奇，他正想着怎么收拾一下对方，市公安局刑侦科科长侯茂进来了。

葛伟　搞清楚了吗？

侯茂　清楚了！对方叫"大佬"，"大佬"原名叫刀海霸，现名商海洋，在H省海边长大，20世纪80年代时期，常年跟着其叔叔刀枪剑出海打鱼，一天，他们和海八路在海里打鱼时，捞起来一桶金子，为了和海八路争这一桶金子，刀枪剑和海八路结了仇，刀枪剑便带着刀海霸躲进西南腹地，隐姓埋名，没几年，刀海霸就变成了大佬，他们搞了一家磷矿企业，当了采矿老板，靠卖矿石发家。

葛伟　这个"大佬"刀海霸，不，商海洋，有多少资产？

侯茂　上亿的身家，省里也有关系……

葛伟若有所思，难怪他如此猖獗，敢在太岁头上动土，太不把我葛伟放在眼里了。

葛伟暗暗发誓，一定要出这口气。

19. 市区 / 培训中心 / 日 内

泉姐虽在上培训课，但有些心不在焉，精神不集中。

泉姐 今天我就给大家讲讲古时候尖尖从葛镜桥上跳下去的故事，你们说尖尖是为了什么？

佳佳 为了贞洁！

泉姐 是为了贞洁，古代妇女把贞洁看得比生命还要重要，守贞操就是守道德底线，所以，古代妇女优秀的情操和品格，还是值得我们学习的。

泉姐脸红了，她心想，我都是这个样子了，还能给我的学员们讲贞洁、讲贞操吗？

这时商海洋发来微信。

商海洋 昨天，我带你去宾馆签合同的事可能被人利用了，我估计有人给我们设了陷阱，幸好我警觉，没有跳进去，如果有人问你，你要有应对准备。

泉姐 准备个头，怎么准备？葛伟可是心狠手辣的人，如果是他布的局，他一旦有证据，我就死定了。

商海洋 不行就和他谈条件。

泉姐 谈什么条件，还有的谈吗？

商海洋 不一定，人都是有需求的！

做了这么多年的夫妻，泉姐还真不知道葛伟需要什么，女人？商海洋要给葛伟找一个女人？

面临家庭危机，泉姐的内心很痛苦，在挣扎。

20. 市区 / 办公室 / 日 外

池禹接到通知，下午葛伟副市长召集会议，听取葛镜桥维修工作的建议、意见。池禹心想，如果到了六点葛伟不散会，我就装病请假。

为了开好会，池禹继续熟悉有关葛镜桥的资料。在这个城市的年轻人中，在研究葛镜桥方面池禹还算是有成就的，他很认真、很上进，很善于做功课，领导都很喜欢他。

池禹刚打开一本书《葛镜桥建造艺术》，电话响了。

池禹接听，是范舟舟的同事小许打来的。

小许　是池科长吗？范舟舟在办公室晕过去了！

池禹　啊！

21. 市政府 / 办公室 / 日 内

葛伟接到通知，明天州委组织部要来考察干部，准备提拔一个正处级干部。葛伟算了算，又走了一个竞争对手，如果不出意外，他至少应该可以当常务副市长了，葛伟认为自己的机会是有的，但是，组织上怎么看他，葛伟心里没有底。他拿起电话，准备给州委组织部的同学打电话，了解一下最新的情况。

葛伟拿起电话的瞬间犹豫了，该怎么说呢？

就在他犹豫的时候，州委副书记彭中的秘书打来电话，秘书说州委副书记彭中要和他谈话。

葛伟　谢谢游秘书！好的，我下午就过去。

葛伟心想，也许是"柳暗花明又一村"，机会来了。

22. 团市委 / 办公室 / 日 内

池禹急匆匆来到团市委，急匆匆地走向范舟舟的办公室，推开范舟舟办公室的门，只见范舟舟直挺挺、硬邦邦地坐着，目光呆滞，面无表情，挺吓人的。

池禹 舟舟，你怎么了？

池禹来了，范舟舟视而不见，范舟舟身边照顾范舟舟的同事小许对池禹说。

小许 舟舟接了一个电话，马上脸色变得苍白，就晕过去了，还好，不一会儿舟舟就醒过来了，我们领导安排我送她去医院看病，她怎么也不去，她一定要等你来！

池禹 舟舟，到底发生了什么？

这是一个什么内容的电话，让范舟舟整个变了一个人，池禹正想着，突然，范舟舟猛地扑向池禹，池禹急忙把她抱住，范舟舟"哇"的一声大哭起来。

池禹 舟舟，舟舟！

范舟舟什么都不说，只是哭，池禹急得要发疯了。

23. 市区 / 培训中心 / 日 内

课堂上，泉姐心不在焉，因为，她不知道葛伟发现了什么，也不知道葛伟将怎么对付她，她心慌得不得了。

让泉姐更不踏实的是商海洋的素质，她知道商海洋倔而且无知，除了有几个臭钱，其他的什么都没有，最缺的就是素质和涵养。要不是被商海洋逼迫，泉姐也不会走上今天的不归路。

泉姐暗暗祈祷，大佬，你到底有什么条件可以和葛伟交换？好好谈，千万千万不要干出什么荒唐事，她丢不起这个脸。

天真的泉姐还想保住脸面，保住家庭。

24. 市区 / 医院 / 日 内

范舟舟被送到医院。

范舟舟躺在医院的病床上，医生说范舟舟受到强烈的刺激，精神有些恍惚了，需要静养。

医生　池科长，不能再让病人受到刺激了，你多安慰她就行。

池禹　医生，我能陪舟舟说说话吗？

医生对池禹点点头，医生离去。

25. 州委 / 办公室 / 日 内

葛伟走进彭中的办公室，彭中热情地和葛伟握手。

彭中　哈哈，葛伟，有一年不见了，你还是这么精神，工作顺心吧！不要只顾工作，家庭也要照顾好。

葛伟　给老领导汇报，我工作、家庭都还好！

彭中　都还好，打折扣了！对了，葛伟，大家都忙，我们就直奔主题。

葛伟　您是老领导，有事您吩咐。

彭中　是这样的，我父母年纪大了，老家住的房子也破旧了，想给老人家建一栋新房子，我想找一个人去老家看看风水，你是学建筑专业的，我想请你去看看。

葛伟　是这样啊！您吩咐就是。不过，看风水我不在行，市建设局有一个小伙子行，如果老领导没有什么不方便，我把他叫上？

彭中　可以，可以，我给老人建房子又不是什么见不得人的事，没问题，但是也要控制范围。

葛伟　书记，我明白。这个小伙子叫池禹，是市建设局的科长，应该是可靠的。

彭中　葛伟，进步不小，就听你这几句话，成熟了。

葛伟　成熟了也还是一个副市长，副县级。

彭中　怎么，着急了？嫌副县级官小了？你把我的事办好，把工作做好，机会多得很，我会推荐你的。

葛伟　谢谢老领导培养。另外……

彭中　干吗吞吞吐吐的，有话直说。

葛伟　老领导家里建房，资金有困难吗？

彭中　你是孙悟空吗？钻进我的肚子里了？你怎么知道我资金困难？

葛伟　建房需要购买砖瓦材料等，我先垫上……

彭中　建好房我们结算？

葛伟　就是这个意思。

在和老领导的交谈中，葛伟隐隐约约地发现，彭中也是有需求的人，他投石问路给自己找到了一个机会，葛伟窃喜。

26. 市区 / 医院 / 日 内

范舟舟躺在病床上，要池禹陪她说话。

池禹　我给你讲讲古代尖尖买豆腐的故事。

奋斗的青春

【闪回】

时间穿越，1618 年的平越府。

尖尖兴高采烈地走进豆腐坊，豆腐坊老板看见尖尖来了也非常高兴，他就等着和尖尖做这笔大生意。

老板　尖尖姑娘来了，快请坐，看你这么高兴，一定是遇到了大喜事。

尖尖　你是真孤陋寡闻还是装孤陋寡闻，洒金谷上的大桥就要建好了，你能不知道？我能不高兴？

老板　知道，知道，葛镜大人花了 30 年时间建的第三座桥就要修好了，葛镜大人是好人啊！放着官不当，回来给我们老百姓修桥，大家心里都很感激他啊！

尖尖　是啊，我们葛镜大人真是大好人，不仅建好桥，还要请乡亲们吃豆腐。老板，我今天就是来买豆腐请大家吃的。

老板　姑娘，你需要多少豆腐？

这时，一个声音传来。

下官　老板，十天内的豆腐，我全包了。

尖尖回头一看，是知府的下官。

尖尖　你是什么人？买豆腐去别家店，不要在这里瞎捣乱。

下官　我是知府的人，我也要买豆腐吃豆腐，我们知府大人就认这家的豆腐，就要买这家的豆腐。

尖尖　买豆腐也有先来后到，这家的豆腐我买了，是葛镜大人为了庆贺大桥修通，宴请老乡们的。

下官　巧了，巧了，我们知府大人也是买豆腐庆贺大桥修通，宴请老乡们，尖尖姑娘，你看我们谁买不一样？

尖尖　就是不一样，我先来的，我们葛镜大人先买。

下官　尖尖姑娘，你太认真了，要不，你去和我们知府大人商量一下，看看知府大人会不会让你买。

  尖尖 让我去和知府商量？

  下官 对，知府大人就在外面的轿里。

  尖尖用疑问的眼光看着这位下官。

【闪回结束】

27. 洒金谷 / 葛镜桥 / 日 外

  离开州委副书记彭中的办公室，葛伟心潮起伏，他让驾驶员驱车来到洒金谷，想静下来把自己的计划捋一捋，他知道，一旦他的计划出现破绽，那将是前功尽弃，如果计划成功，那就是飞黄腾达。

  葛伟只需要500万元人民币就可以把什么都搞定了，而且出500万元人民币的下家他都找好了。

  葛伟在老祖宗建桥的碑文前鞠躬叩头，他希望老祖宗和葛镜桥保佑他，让他一切顺利。

  拜完祖宗后，葛伟露出了奸笑。

28. 住宅小区 / 房间 / 日 内

  泉姐左顾右盼，就像一个特工，确认没有人跟踪后，急急忙忙地溜进了小区，到了一栋房门前，泉姐打开房门走了进去，没见商海洋，泉姐有些失落，从头到脚冷了下来。

  泉姐正要打电话，看见桌上有一张纸条，上面写着："亲爱的，稍等，我一会儿就回来。"

  看到商海洋留的纸条，泉姐稍微好受一点，她心里乱七八糟，她想和商海洋了断，不让商海洋再干扰她的生活。

泉姐有一段时间没有来这栋房子了，触景生情，往事又出现在泉姐面前。

【闪回】

那天，泉姐迷迷糊糊地被人扛进了这个房间，一觉醒来，发现床边坐着一个人，色眯眯地看着她，一看是商海洋，泉姐怒火中烧。

商海洋　醒了？

泉姐发现自己只穿了一件内衣，知道不好了。

泉姐　我这是怎么了？我为什么会在这里？

商海洋　你喝醉了，是我把你抱进来的。

泉姐　你抱我进来的？流氓！

泉姐还没有说完，抬手就想给商海洋一个巴掌，她的手被商海洋抓住了。

商海洋　难道你想让我背你回家？你就不怕你的副市长老公一脚把你踢出去吗？

泉姐一听商海洋的话，放声大哭起来。

泉姐　大佬，你害了我啊！

泉姐努力回忆昨晚发生的事情。

泉姐记得昨晚有一桌人吃饭，席间商海洋同意给她赞助100万元培训费培训100个社会青年当导游，条件是泉姐要陪他喝好酒，一杯酒10万元。泉姐万万没有想到，一个副市长夫人，栽到了一个流氓手里，社会套路太深，她竟然会吃这种亏。

商海洋　人打了，气出了，你在这里睡了一晚上，尽管什么都没有发生，我的手机里有你躺在这个床上的照片，出去后你也是说不清楚的。还有，赞助100万元的协议还签吗？如果你没有不同意，以后每年签一次，每年增加100万元，这个条件你能满意吧！但是，你今后必须服从我、属于我，同意吗？

泉姐"哇"的一声又大哭起来，心想，我把自己卖了。

泉姐　你这个狗东西，你这个流氓，你毁了我啊！

【闪回结束】

泉姐听见汽车声，知道是商海洋回来了，赶紧把眼泪擦了。

29. 市政府 / 办公室 / 日 内

州委组织部考察干部的工作如期举行。葛伟心想，下一次就该考察我了，他正做着美梦，侯茂来了。

侯茂　市长，这是你要的证据。

侯茂递了一些照片给葛伟。

葛伟　小侯辛苦了！今天这个日子多吉利，考察干部，争取下一次考察你和我。

侯茂　谢谢市长，还望你多多培养。

葛伟　我培养不了你，但我能多提建议，多向组织提建议。

30. 市区 / 酒吧 / 日 内

葛伟把泉姐约到酒吧。

在酒吧包房里，泉姐见到了阿财，阿财把泉姐和商海洋肩靠着肩走进维纳斯宾馆的照片放在桌上，泉姐明白，惩罚自己的时刻到了，命运如此，爱怎么就怎么地，随他吧。

泉姐　你是什么人？

阿财　市领导的好兄弟。

泉姐明白了，一定是葛伟派来的人。

泉姐　你要干什么？你的领导呢？既然他什么都知道，把条件开出来吧！

阿财　和明白人打交道就是痛快。

泉姐　多少？

阿财　领导的意思，第一期 500 万元，现金。

泉姐　还有几期？

阿财　领导说，根据需要决定。

泉姐　如果我不同意呢？

阿财把几张照片扔在桌上。

阿财　你看看附近站着的都是什么人，不合作，大佬的那个企业会死得很惨，当然，也包括人。

泉姐　大佬？你……

阿财　是，我们知道大佬的一切。

阿财站起来，扬长而去。透过窗户，泉姐看见远处的葛伟。

31. 市区医院 / 病房 / 日 内

商海洋溜进了医院，来到范舟舟的病房门口，透过门的缝隙，商海洋看见池禹正在给范舟舟喂稀饭，两人一副幸福的模样。

范舟舟　池禹，谢谢你啊！有你的陪伴，我很有安全感。

范舟舟看池禹的眼神都在发光。

池禹　舟舟，你客气了，保护你是我的荣幸，你笑起来真漂亮！人见人爱。

范舟舟被夸得害羞了。

范舟舟　池禹，我只要你爱我。

范舟舟忘情地吻了池禹一下。

池禹　我也只爱你一人。

两人拥抱了，热吻了，范舟舟流下幸福的泪。

门外的商海洋嫉妒得两眼发绿，他心想，让你们爱，我非拆散了你们这一对不可！

池禹　舟舟，有什么事一定要告诉我，我会处理好，相信我的智慧和能力。

范舟舟　嗯。

32. 市政府 / 办公室 / 日 内

葛伟在办公室大发脾气，桌边站着几个人。

葛伟　方案呢？

秘书　市建设局还没有报来。

池禹的声音。

池禹　葛市长，我来了，方案做好了，我们今天找你一整天不见人。

葛伟　呵呵，池禹，你来晚了还有道理了，反咬我一口，走，去会议室，方案做不好，我收拾你！

33. 市区 / 商海洋办公室 / 日 内

泉姐终于见着商海洋了。

商海洋　什么？500万元？还是第一期？是不是你们两口子合伙来坑我？

泉姐　你真不要脸，我都是你的人了，证据都在他们手里，我还会害你？不过，我劝你，不要和他斗，两败俱伤，我也丢不起人，屋檐下先低低头，你想和他斗吗？你想找死！

　　商海洋　死？我让他先死。

　　泉姐　你！

　　泉姐真怒了，商海洋低下头。

34. 住宅小区 / 泉姐家 / 夜 内

　　泉姐把500万元现金交给了阿财，转身就要走，这时，葛伟来了，阿财走开。

　　葛伟说话了。

　　葛伟　站住！就这样走了吗？你去哪里？你走得了吗？看你的脸色，你还委屈？给我坐下！

　　泉姐"扑通"一下跪在葛伟的面前。

　　泉姐　葛伟，我错了，都是大佬设计陷害我的，他把我灌醉，把我弄到他家，他用每年签约100万元诱惑我，我是被逼迫的，我也是无奈啊！我真的错了，你原谅我！我和大佬分手了，我请求你给我机会让我重新回到你身边，我们好好过日子。

　　葛伟　这是离婚协议，你签字吧！不过，我还没有大功告成，你还有用，你就暂时留在我身边，等我哪天叫你滚你再滚。

　　泉姐知道葛伟心狠，拿着笔的手在颤抖，泉姐无言以对，泪如泉涌。

35. 市区 / 展览馆 / 日 内

　　"泉城青年奋进新时代"摄影作品展正在举行。商海洋花了30万元赞助了这次活动。

这天，商海洋去参加首展仪式，范舟舟担任影展讲解。

范舟舟　这些作品都是我市的青年人利用节假日的时间采风创作的，这些作品是我们市经济社会大跨步发展的缩影。

这时，刚完成讲解任务的范舟舟看到了一个熟悉的面孔，在葛镜桥上拿刀威胁她的人出现了，范舟舟的心在发紧。

范舟舟一回头，差一点撞在商海洋的身上。

范舟舟　你是？

范舟舟认出了商海洋，商海洋嘴里叼着一支香烟，露出霸气。

商海洋　我是这个摄影活动的赞助商，他们叫我大佬，你就是范舟舟吧？你的讲解非常好，非常有水平，我们认识一下，以后有类似的活动，我们合作。

范舟舟被眼前的这个人夸蒙了，他的目的是什么？

范舟舟　我为什么要和你合作？

商海洋　因为你看见了不该看见的人，那个人就是我，葛市长知道我的事，是你告的密吧？你应该知道告密者的下场。

商海洋的背后站着两个大汉，范舟舟被吓坏了，三十六计，走为上策，范舟舟急忙跑走了。

商海洋从范舟舟眼里看到了敌意，他死死盯着范舟舟的背影。

商海洋把烟头扔在地上，用脚踩火。

36. 市区 / 住宅小区 / 日 外

周末，池禹妈妈说让池禹带着范舟舟去看房，池禹妈妈心疼儿子，准备给儿子和未来的儿媳妇购一套新房，结婚用。池禹妈妈对儿子说。

池禹妈妈 你们的结婚用房，我和你爸爸帮你们解决了，你就不用操心房子的事，没有经济上的负担就没有了后顾之忧，你们俩今后好好生活、好好工作。

池禹妈妈想得很周到，当然池禹妈妈也有这个实力。

37. 市政府 / 会议室 / 日 内

"洒金谷风景名胜区规划建设推进会议"正在举行。

葛伟主持会议，池禹介绍方案。整个景区规划建设需要18亿元人民币，热点问题集中在葛镜桥的维护工程上。

坐在会议室角落的商海洋发现了商机，想到18亿元的项目，商海洋开始流口水了，也许，为了钱，他会改变一下策略。

38. 市区 / 住宅楼 / 日 外

清早，范舟舟和池禹就来到了一个新建的住宅小区看房，两人手拉着手，开始憧憬未来了。

范舟舟 池禹，我好害怕，我好怕出事，你打算什么时候和我结婚？你要保护好我。

池禹 舟舟，别怕，我知道该怎么做，等房子买了，装修了，有了我们自己的小窝，我们就结婚，好吗？

范舟舟 池禹，你真好。

范舟舟吻了池禹的脸颊。

池禹把范舟舟的手握得更紧了。

这时范舟舟和池禹都接到了短信。池禹接到的短信是葛伟发来的，短信说，让他周末下乡调研，看了短信，池禹叹了一口气，这个时候让他去下乡，不管什么理由，他都很不情愿。

范舟舟接到的短信是商海洋发来的，短信说，有一个综艺节目邀请范舟舟当主持人，约她见面，去谈谈条件。

范舟舟看见短信后，皱起了眉头，机敏的池禹发现范舟舟脸色的变化，他有一种感觉，危险已经来到范舟舟身边。

范舟舟　池禹，我有话要给你说……

39. 山区 / 道路 / 日 外

阳光明媚，风景如画，汽车在山区的道路上行驶。

坐在葛伟车上的池禹，眼睛紧紧地盯着窗外，不是窗外美丽的风景让他看不够，而是他有心事，范舟舟告诉他要去见商海洋，他不太清楚范舟舟现在的处境，他担心她吃亏。

【闪回】

范舟舟拉着池禹的手，用深情的目光看着池禹。

范舟舟　别担心我，茶馆里谈事，他还能把我怎么样？

池禹　大佬是一个老流氓，不防不行。

范舟舟　怎么防？

池禹　如果大佬非礼你，你就把茶杯摔了，摔杯为号，有人救你，其他的你就不用管了。

范舟舟　演电视剧啊？

池禹　你好好演就行。

范舟舟　嗯！

池禹把范舟舟搂在怀里。

【闪回结束】

汽车已经驶上盘山公路,颠簸也厉害起来。突然,池禹感到自己左眼皮跳,他感觉不妙,便惊叫起来。

池禹　停车!

葛伟　池禹,你怎么了?

池禹　葛市长,没什么,我在车上做了一个噩梦。

40. 市区 / 茶楼 / 日 内

在团市委附近的茶楼的包间,范舟舟见到了商海洋,地点是池禹定的,他说在团市委附近商海洋不敢非礼她。

商海洋　范舟舟小姐很准时,我就喜欢时间观念强的人。

范舟舟　有什么事快说,我忙着呢。

商海洋　一个画展,邀请你去当讲解员,报酬是10万元,怎么样,天上掉馅饼了吧!

范舟舟　你不是慈善家,我无功不受禄,我对这个活动不感兴趣,我走了。

商海洋拿出一把刀放在桌上,这把刀范舟舟在葛镜桥上看见过,她反应过来了,阿财和商海洋是一伙的。

商海洋　我们谈谈条件。

范舟舟　没有条件可谈。

商海洋　如果池禹有生命危险,你谈不谈?

在隔壁包间,侯茂在录音取证,在耐心等待。范舟舟一直在玩手机,故意做出漫不经心的样子。

范舟舟　你敢!有屁快放。

商海洋　愿意合作就好。

41. 乡村 / 平地 / 日 外

池禹边走边说。

池禹　左青龙右白虎，背面有靠山，前面有河流，财源滚滚来，好地方，好风水，住在这里，发财的发财，升官的升官，运势大好。

彭中　池禹，年纪不大，学识不小，你这么一说，我都当真了。

葛伟　彭书记，不是当真，他就是真的，也许你很快就要当州委书记了。

彭中　是真的？这种玩笑开不得。

大伙哈哈大笑。

彭中　建一个什么样的房好，还得请池科长帮忙出个主意。

池禹　这个我是外行，不过，我有一个同学的公司可以搞建筑设计，我让他帮帮忙。

葛伟　那就拜托小池了，需要多少钱我付。

彭中　这点钱我还付得起。

池禹正要说话，手机短信进来了，是范舟舟发来的。

范舟舟　池禹，注意安全，有人要害你。

池禹心想，应该注意安全的是范舟舟。

42. 市区 / 茶楼 / 日 内

商海洋以为范舟舟服软了，便得寸进尺，商海洋用手去拉范舟舟，被范舟舟甩开了。

商海洋　坐下，我们慢慢谈。

范舟舟坐下。

范舟舟　说吧！

商海洋　画展举办期间，讲解10次，每次1万元，共10万元，就这么简单，签字吧。

范舟舟　白天可以，晚上我不讲。

商海洋　不行，10次都是晚上，否则，怎么会有这么高的报酬。

范舟舟知道这是一个陷阱，她不能顺着商海洋，她端起桌上的茶杯。商海洋盯住茶杯，这杯茶他已经做了手脚，喝了就会晕倒，他巴不得范舟舟立马喝了这杯茶，他的"机会"就来了，不料范舟舟站起来，把茶杯狠狠地砸在了地上。

范舟舟　这事我干不了，你另请高明。

茶杯一响，侯茂推门进来，商海洋看见侯茂愣了一下。

侯茂　范舟舟，你怎么在这？葛市长到处找你，走，和我去见葛市长。

43. 山路／汽车／日 内

葛伟有些兴奋，彭中副书记对他今天的表现很满意，他看到了希望，他一步一步地实施自己的计划，他对池禹说。

葛伟　你如果把彭中副书记建房的事弄好了，提拔你当一个副局长，不就是他一句话的事。

池禹用疑问的眼光看着葛伟。

池禹　我不需要当什么副局长，我凭本事吃饭。

葛伟　你怎么成了个榆木脑袋，当副局长才能更好地凭本事吃饭。

这时，池禹的手机进来短信，是侯茂发来的："舟舟安全。"

池禹放心了。

池禹　我睡一会儿。

44. 市区 / 住宅 / 夜 内

泉姐很不耐烦。

泉姐　你这个死大佬，你又把我叫来干什么？

商海洋　范舟舟是葛伟的外甥女，对吧？

泉姐　你可不能打舟舟的主意。

商海洋　舟舟出卖了你，你还护着她！

泉姐　你说舟舟出卖我，有证据吗？

商海洋　显而易见的事，不用证据。

泉姐　没有证据，你敢动舟舟一根毫毛，我和你拼命。你今天约我来，有什么屁，快放！

商海洋　葛伟要我的钱，我要他的项目，我需要他帮忙。只要他帮我拿下洒金谷风景名胜区二期建设工程项目，多少钱我都不在乎，我们两相情愿，实现双赢。

泉姐　你要我做什么？

商海洋　化干戈为玉帛，请他吃饭。

泉姐想，黄鼠狼给鸡拜年，没安好心。

45. 市区 / 市建设局 / 日 外

池禹来到市建设局，从图库里选了一套农村房屋建筑图纸，他发现有一套很适合彭中副书记家，便兴奋地带着图纸去见葛伟。

汽车一边走,池禹一边想,商海洋下一步走什么棋呢?

他拿出手机,给范舟舟打电话,电话占线。

这时,侯茂出现在池禹面前,池禹刹车。

侯茂　池禹,我有一个计划,可以彻底保护范舟舟。

池禹　什么计划?

侯茂　让我上车说。

46. 市区 / 道路 / 日 外

葛伟给范舟舟打电话,让范舟舟到办公室去见他,他说有急事。范舟舟估计是舅舅家后院起火了,她一边准备说服的台词,一边朝市政府走去。

范舟舟心想,舅舅是不是为舅妈的事找她,千不该万不该,不该看见舅妈和那个商海洋在一起,舅舅要责怪她知情不报?不过舅舅一向宠她,不至于大打出手吧。

这时,一辆汽车在她面前停下,是池禹,范舟舟激动不已。

池禹　舟舟,上车,我要交给你一个任务。

47. 住宅小区 / 泉姐家 / 日 内

泉姐给葛伟打电话。

泉姐　葛伟,我错了,我真心悔过,大佬也真心悔过,他准备了一份大礼,准备请你吃饭,当面道歉。

葛伟听了电话,开始是一愣,后来是好奇,商海洋又要耍什么鬼花招?他也想见识见识这个商海洋,便同意吃饭。

48. 市区 / 道路 / 汽车 / 日 内

池禹把范舟舟拉上车，范舟舟迫不及待地问池禹。

范舟舟　什么任务？

池禹　潜伏。

范舟舟　潜伏？

池禹　对，接近大佬，掌握证据，干掉大佬，为民除害，为舅妈打抱不平。

范舟舟　这……谁叫你这么做的？

池禹　人民！

侯茂出现在车的后座。

侯茂　对，人民！

范舟舟　我不懂你们说的潜伏，我只知道葛市长在等着我，快把我送到市政府。

侯茂　舟舟，你只有配合我们，你才有真正的安全。

范舟舟看着池禹，池禹点点头。

范舟舟　可现在葛市长找我有急事，我们重新找一个时间商量这个潜伏的事。

池禹　舟舟，我们一起去，我也要去见葛市长。

49. 市政府 / 办公室 / 日 内

范舟舟风风火火地推门，冲进葛伟的办公室，葛伟正在看文件。

范舟舟　舅舅，有什么急事？打电话这么急。

葛伟　从广州空运来的荔枝,很新鲜,给,尝尝。

范舟舟　舅舅,这就是你说的急事?

葛伟　过了今夜就不新鲜了,你说不急吗?

范舟舟一脸无奈。

葛伟　晚上陪我去吃饭。

范舟舟　和谁吃?

葛伟　去了就知道了⋯

这时池禹进来了。

池禹　市长,彭中副书记家建房的图纸我带来了。

葛伟　我看看,嗯,不行,规模小了。

池禹不解地看着葛伟。

50. 市区 / 酒店 / 包房 / 夜 内

一个大桌子就坐了四个人。葛伟趾高气扬,范舟舟不明就里,商海洋假作镇静,泉姐很不自在。

葛伟　要让我原谅是不可能的,不过,家丑不可外扬,暂时,我还得吞下这口气,但是⋯⋯

商海洋　我明白,检讨信我都写好了。

说着,商海洋一边把一个信封递给葛伟,一边看葛伟的脸色。葛伟接过信封一摸,明白了,里面是一张银行卡,葛伟的脸色好看一点了。

葛伟　我公务缠身,不便久留,"检讨信"我拿回去看,"检讨信"的份量很关键、很重要,我看了会掂量掂量的。舟舟,我们走!

包房里留下表情复杂的商海洋和泉姐。

商海洋色眯眯地看着远去的范舟舟,泉姐踢了商海洋一脚。

51. 乡村 / 建筑工地 / 日 外

晴空万里，阳光普照。一群老百姓在挖地基，彭中老家的住宅开工了。

葛伟亲自来到工地，他满面春风，得意扬扬。池禹紧随其后。一个村干部模样的人走过来。

村干部　领导辛苦了，开工大吉，这是红包，请收下。

说完，给葛伟和池禹每人一个红包，池禹用手一摸，至少有3000元人民币。

池禹　我们不辛苦，这红包我们不能要。

说着往村干部手里塞红包，两人推了起来。

葛伟　池禹，收下吧，不收就是瞧不起老百姓，不要伤了老百姓的心。

池禹　这……

池禹想说，这和伤老百姓的心有关系吗？不要随意亵渎善良的老百姓，肯定是工程建筑方的回扣，池禹心里沉甸甸的。

这时池禹看见山坡上站着一个老人，满头银发，目视前方，一举一动很有风度，他怎么也没有想到这就是彭中副书记的父亲。

池禹把红包举起来，向老人挥手。

葛伟不知道池禹想表达什么，把红包给老人？他没有看懂池禹。

52. 山区 / 道路 / 日 外

汽车在道路上缓行，葛伟心想，彭中副书记的这个"小庄园"要全部弄好，要上档次，起码也要300万元吧。为了自己的仕途，花钱就花钱，赌这一把吧！

这时，葛伟的手机进来一条信息，是商海洋发来的："事情，搞定，1000。"

葛伟当然知道商海洋这条短信的含义，葛伟在商海洋面前、在金钱面前妥协了，连"夺妻之恨"都放下了，他恨自己。

葛伟给商海洋回短信："尽力。"

回完短信，葛伟扇了自己一耳光，坐在旁边的池禹问。

池禹　市长，你怎么了？

葛伟　脸上有蚊子。

53. 市区 / 小饭馆 / 日 内

侯茂请范舟舟和池禹吃饭。

侯茂　池禹、舟舟，为了完成市委交给我的"神圣使命"，我需要你们的帮助。

池禹见侯茂一脸的严肃，他认识侯茂许多年了，这是第一次见侯茂这么认真。池禹是聪明人，他知道，如果范舟舟一旦陷入侯茂的"神圣使命"，肯定会有许多难以预料的事要发生，他要给侯茂讲条件约法三章。

池禹　你的"神圣使命"只是对付大佬？还有谁？

侯茂　不能说。我只能说，领导意图是顺大佬这个藤摸"瓜"。

池禹　舟舟的安全有没有保障？

侯茂　舟舟的安全我承诺，绝对有保障，我们已经有保障过一次了。

池禹知道侯茂的话指的是什么，范舟舟听了也心照不宣。

池禹　舟舟，你表态吧！

范舟舟　试试看吧！

范舟舟事实上接受了侯茂的计划，侯茂开始说正题了。

侯茂　那就好。舟舟，你确认大佬给你舅舅的就是检讨书吗？

池禹　侯茂，你在查舟舟的舅舅？葛市长是"瓜"？

54. 市区 / 交易大厅 / 日 内

市工程采购交易中心来来往往的人络绎不绝，这是一个热闹的市场，也是一个竞技场。"洒金谷风景名胜区二期建设工程项目"马上就要开标了。

已经是下午了，距开标时间很近了，商海洋坐在大堂里，一副稳坐钓鱼台的样子。

不一会儿，商海洋的助手来到他的身边，对商海洋说。

助手　商总，进展不是太顺利，是不是让葛市长再加一把劲？

商海洋　再看看，我不相信葛伟对我的条件会视若无睹。

商海洋知道，一旦中标，葛伟能获得1000万元的高额回报，经济利益是诱人的。这还不是重要的，商海洋的目标，是要控制住葛伟，为他所用，他还要下猛药，把葛伟死死拴住。

55. 市政府 / 办公室 / 日 内

桌上放着商海洋给葛伟的"检讨信"，葛伟看着"检讨信"发呆。他觉得自己非常掉价，一个堂堂副市长怎么围着商海洋的指挥棒转了！他决定改变这种状况，他必须有强有力的反击手段，那就是抓住商海洋的把柄。他想到了侯茂，市公安局的刑侦科科长。

葛伟　小刘，你把市公安局刑侦科科长侯茂请来。

小刘应声而去。

这时，葛伟看见手机有一条新信息，是商海洋发来的："标，危，急。"

葛伟把"检讨信"锁进保险柜，急匆匆地离开办公室，刚赶来的侯茂见状，也跟着葛伟而去。

56. 市区 / 交易大厅 / 日 外

投标初步结果出来了，助手一打听，商海洋的优才建设投资有限公司获得第二名。商海洋非常郁闷，牙齿咬得咯咯响，心想，葛伟你玩我，别怪我不客气。商海洋拿出电话就要打，助手拦住了。

助手　商总不要着急，这个结果是内部消息，还没有公布，我们还有机会。我看见葛市长进投标室去了，他会处理好的。

商海洋听了这话，觉得还有希望，情绪一下稳定了许多。

57. 市区 / 医院 / 病房 / 日 内

已经是晚上九点了，葛伟来到病房看望母亲，母亲睡着了，池禹和范舟舟都在，守在葛妈妈身边。

葛伟问范舟舟。

葛伟　你外婆情况如何了？

范舟舟　外婆吃了药就睡了。

听到葛伟来了，葛妈妈醒了，睁开眼睛盯着葛伟看。

葛妈妈　小伟，忙完了？要注意休息。

葛伟　妈……我很好，你一定要挺住，我一定会请最好的医生给你看病。

葛妈妈　最好的医生就不必了，我的病我知道，活一天赚一天。倒是你，不要让我操心了，和你身边的老板走远点，不要被人家卖了还要去帮他们数钱。

葛伟 妈，我好不容易抽时间来看你，见面就数落我。

葛妈妈 我数落你没坏事，老百姓数落你就要出大事，我们家老祖宗葛镜修葛镜桥是为什么？就是为了方便老百姓，你做事之前，想过老百姓吗？老祖宗的传统不能丢啊！

葛伟 妈……

葛妈妈 老百姓对你的议论我都听到了，你要好好走路，我担心你过不了葛镜桥啊！

葛伟 妈……

范舟舟 外婆……

58. 住宅小区 / 房间 / 日 内

今天，商海洋的心情特别好，葛伟力挽狂澜，成功找到第一名"威力公司"的资质作假的问题，并废了第一名的标，使商海洋的"优才公司"成为第一名。有葛伟做后台，中标看来是没有问题了。

商海洋突然想到范舟舟，他的目的还没有达到，他要继续骚扰范舟舟，他给范舟舟打电话。

商海洋 是舟舟吗？今天有空吗？我请你吃饭，上次说的讲解的事，我去争取了一下，全部调到白天，满足你的要求，我们可以谈谈了吧！

范舟舟在办公室，侯茂就在她的身边。

范舟舟（电话中） 最近都不行，我外婆生病病危，我要照顾外婆。

商海洋心想，这个死丫头，油盐不进。

范舟舟看了一眼侯茂，侯茂点点头鼓励她。

59. 市政府 / 办公室 / 日 内

州委组织部终于来市里考察葛伟了，交流提拔当县级机构一把手。葛伟的心激动得差一点跳出来，祖坟上冒青烟，终于有这一天了。

考察工作很顺利，葛伟接到彭中的电话。

彭中　这段时间规矩点，不要乱说乱动，少去吃喝，不要丢人现眼的。

葛伟　是，我听彭书记的。另外，家里的电视机买多大尺寸的？

彭中　电话里不说这些事，你办妥就行。

葛伟　好的，领导。

60. 市委 / 办公室 / 日 内

市纪委收到一封举报信，是举报葛伟违规干预招投标工作的，市纪委书记来向市委书记汇报这个情况。

纪委书记　王书记，你看，这封信怎么处理？

市委书记　葛伟是州管干部，按干部管理权限，举报信送州纪委处理。

纪委书记　我们马上办。

市委书记把秘书叫来。

市委书记　小赵，你把侯茂叫来，我听听他的汇报。

61. 市区 / 培训中心 / 日 内

半年期的培训班就要结束了，这天泉姐给学员们上最后一堂课，泉姐继续讲尖尖的故事。

佳佳　泉姐，尖尖是不是被知府欺负了？

泉姐　是的，否则，她不会寻短见。

【闪回】

时间穿越，1618年的平越府。

豆腐坊外的道路边，停着一个八抬大轿，尖尖来到轿前，轻声说。

尖尖　知府大人，民女尖尖拜见知府大人。

一个男人的声音传来　请尖尖姑娘上轿。

尖尖还没有反应过来，两个大汉把尖尖架进了轿内，八抬大轿起轿，朝知府衙门走去。

轿内传来尖尖的哭喊声。

【闪回结束】

62. 小区／临时新房／日 外

披红挂彩的小轿车把池禹和范舟舟从临时新房送到了医院，按民俗，葛妈妈病重，家里要结婚冲喜。

葛妈妈撑着身体坐在病床上，池禹和范舟舟被带到病房，两个新人见到外婆就跪下了。

老人家让两个新人起来，问。

葛妈妈　舟舟，你舅舅呢？

按范舟舟和侯茂的约定，趁范舟舟结婚，范舟舟把葛伟拖住，侯茂好去葛伟小公室查找证据。

范舟舟　我给舅舅打电话了，他答应来的。

葛妈妈太担心葛伟了。

葛妈妈 葛家没有了你舅舅,葛家就无后了。

葛妈妈看了一眼站在门边的泉姐,泉姐很不自然地低下了头。

63. 宾馆 / 房间 / 日 内

太阳已经照进了客房,葛伟和一个女人躺在一张床上,葛伟觉得自己头晕晕的,就摇了摇头,身边的女人说话了。

女人 葛市长好受些了吗?

葛伟警觉地问。

葛伟 你是谁?

女人 葛市长好健忘,我是昨天晚上陪你喝酒的小莉莉啊!

葛伟一把抓住小莉莉,抬手就要打下去。

葛伟 你!

小莉莉 你打啊!要不是我昨天侍候你,你就躺在大马路上当"马路天使"了,真不知好歹。

门突然被推开,商海洋出现,商海洋鼓掌。

商海洋 这戏演得真精彩。

64. 市政府 / 办公室 / 日 内

侯茂溜进了葛伟的办公室。侯茂在保险柜里找到了商海洋给葛伟的"检讨信",他把"信"拿出来拍了照,放回原处。

侯茂离开葛伟的办公室。

65. 市委 / 办公室 / 日 内

州纪委的同志听取市纪委同志的汇报。

侯茂提供了部分证据。

州纪委领导 情况很清楚了，思路也很清晰了，我们就沿着大佬这条线，一查到底。

66. 市区 / 优才公司办公室 / 日 内

商海洋正在欣赏葛伟躺在床上的照片，他想，葛伟，你再有本事，也逃不出我的手掌心了。

这时，商海洋听见外面传来重重的脚步声，商海洋知道不妙了，商海洋站起来，准备往外走，他拉开门，此时，门已经被堵住了。

商海洋摇摇脑袋，原来这是幻觉。

商海洋的内心开始恐慌。

67. 州纪委 / 办公室 / 日 内

州纪委的同志把葛伟请到办公室，让他就群众反映他干预招投标工作的问题进行说明。

葛伟的脑门上都是汗，他知道这一次自己可能蒙混不过去了。

葛伟 我说，知道的我都说。

党纪国法面前，葛伟服软了。

68. 市区 / 优才公司办公室 / 日 内

优才公司办公室，商海洋刚刚走进办公室，就看见几个西装革履的年轻人，他的第一反应，完了！

年轻人　你是商先生吧，我们是州纪委的，我们要调查一个案子，请你配合一下。

这次不是幻觉了，商海洋的腿一下软了。

69. 洒金谷 / 河边 / 日 外

葛伟在河岸边走来走去，心神不定。不一会儿，秘书来了。

秘书　葛市长，大佬被州纪委的同志带走了。

葛伟　啊！

葛伟心一惊，腿一软，一步没有站稳，掉进河里去了。不远处的池禹、侯茂听见秘书的呼救声，跑了过来。

侯茂见状，毫不犹豫地脱了外衣，一头扎进水里。

侯茂抓住葛伟的手，往岸上推，无奈，葛伟太重，侯茂使出九牛二虎之力，才把葛伟推到岸边。葛伟被池禹抓住，几个人齐发力，把葛伟拉上了岸。

这时，池禹再也没有看见侯茂，侯茂消失了。

池禹　侯茂！

范舟舟赶来了。

范舟舟　侯茂呢？侯茂呢？

池禹　侯茂可能牺牲了。

侯茂保护过范舟舟，范舟舟把侯茂当恩人，范舟舟"哇"的一声痛哭起来。

70. 州委 / 办公室 / 日 内

脚步声传到了彭中耳里。彭中知道这一天迟早要来，彭中已经做好了接受组织调查的准备。

州委副书记彭中被双规了。

71. 乡村 / 住宅 / 日 内

彭中的父亲站在新建的宫殿般的大宅子里，心里总是不踏实，消息传来，儿子彭中被带走了，老父亲颤巍巍地走到门边，望着儿子工作的方向一动不动，他想，我为什么要住这个房子啊！是我害了我的儿子啊！

银丝飘落，老泪纵横。

72. 市区 / 医院 / 病房 / 日 内

葛妈妈对池禹和范舟舟说。

葛妈妈　葛伟舅舅是你们最亲最亲的亲人，你们真的不能原谅他吗？

范舟舟看着池禹，葛伟也是池禹的舅舅，她的意思是要让池禹回答外婆的问题，让外婆在弥留之际还有一个念想。

池禹　外婆，我们可以原谅他，可是党纪国法不能原谅他啊！他要做的就是悔罪，给人民认罪！争取重新做人。

葛妈妈　重新做人！重新做人！

葛妈妈闭上了眼睛。

范舟舟大哭。

范舟舟　外婆！外婆！外婆！

天空中突然响了一个炸雷，大雨倾盆而下。

73. 省纪委 / 办公室 / 日 内

省纪委领导在葛伟的案卷上批示：同意执行！

省纪委领导推开窗户，看见一条笔直的大道，他非常感慨地说。

领导　反腐败斗争永远在路上。

74. 市政府 / 办公室 / 日 内

纪委的同志来到葛伟的办公室，葛伟知道，这一天迟早要来，惩罚是逃不过的。

这时，葛伟的电话响了，是范舟舟打来的。

范舟舟　舅舅，舅舅！

电话里的范舟舟泣不成声，葛伟狠心地挂了电话，执法人员收了葛伟的手机。

葛伟知道自己就要被双规了，他推开窗户，抬头看看自己头上的天，似乎什么都看不见，但是，他还是被天网捕捉到了，都说，早知如此何必当初，现在把所有贪腐的钱拿出来，都无法买到后悔药了。

葛伟悄悄地用手擦了一下眼泪，生怕别人看见。

75. 洒金谷 / 葛镜桥 / 日 外

　　泉姐从葛镜桥上跳了下去，她给自己的学员无数次地讲述了筒筒和尖尖的故事，但她从来没有想过自己要成为尖尖。她要用死告诉世人，女人守忠贞是守自己的尊严，守别人的尊重，守社会的祥和。

76. 公墓 / 侯茂墓 / 日 外

　　池禹来给侯茂扫墓，池禹倒了一杯酒，放在侯茂遗像前。
　　池禹　侯哥，一直想和你喝几口，一直想和你一醉方休，你走了，你英勇了，我们还得日复一日、年复一年。你放心，如果我的身边还有腐败分子，我一定会来和你讨几招，好对付他们。
　　范舟舟来了，她把菊花摆放在墓前，给侯茂深深鞠躬。

77. 医院 / 广场 / 日 外

　　范舟舟从医院的病房里走了出来，脸上洋溢着笑容。
　　池禹　舟舟，等你的病好了，我们要一个孩子吧。
　　范舟舟　池禹，傻样，你摸摸我的肚子，孩子在动呢！
　　池禹激动地紧紧地抱着范舟舟。池禹和范舟舟深情相吻，他们还得把幸福生活延续下去……

78. 洒金谷 / 葛镜桥 / 日 外

葛镜桥上来来往往的人们川流不息。

全剧终

2024 年 1 月 26 日 草成于贵阳